ファンタスティック・ビースト と魔法使いの旅

映画オリジナル脚本版

J.K.ローリング

と魔法使いの旅

映画オリジナル
脚本版

COVER AND BOOK DESIGN
BY
MINALIMA

静山社

Original Title :
Fantastic Beasts and Where to Find Them
The Original Screenplay

First published in print in Great Britain in 2016 by Little, Brown

Text © J.K. Rowling 2016
Cover art and Interior Illustrations by MinaLima © J.K. Rowling 2016
Harry Potter and Fantastic Beasts Publishing Rights © J.K. Rowling

Harry Potter and Fantastic Beasts characters, names and related indicia are
trademarks of and © Warner Bros. Ent. All rights reserved.

J.K. ROWLING'S WIZARDING WORLD is a trademark of J.K. Rowling
and Warner Bros. Entertainment Inc.

All characters and events in this publication, other than those
clearly in the public domain, are fictitious and any resemblance
to real persons, living or dead, is purely coincidental.

All rights reserved.
No part of this publication may be reproduced, stored in a
retrieval system, or transmitted, in any form or by any means, without
the prior permission in writing of the publisher, nor be otherwise circulated
in any form of binding or cover other than that in which it is published
and without a similar condition including this condition being
imposed on the subsequent purchaser.

Japanese dubbing for the Warner Bros.motion picture translated by Keiko Kishida

Translation of the original screenplay for publication by Yuko Matsuoka

現実世界の動物の慰者、
そして英雄の義父、ゴードン・マレイを偲んで

日本語版監修・翻訳　松岡佑子

ファンタスティック・ビーストと魔法使いの旅
映画オリジナル脚本版

1

謝辞
315

映画用語集
317

キャスト、クルー
319

作者について
321

ブックデザインについて
323

シーン1　屋外　ヨーロッパのどこか──1926年──夜

孤立し荒廃した巨大な城が、暗闇に浮かび上がる。カメラは、霧に包まれた城の外の、石畳の広場にフォーカス。不気味な静けさ。

五人の闇祓いが杖を構え、用心しながら城に迫っていく。突然真っ白な光が炸裂し、闇祓いたちを全員吹き飛ばす。

カメラはホイップ・パンして、広大な敷地の入口に転がっている闇祓いの屍を映す。画面に何者か（グリンデルバルド）の後ろ姿が入ってくる。死体には目もくれず、彼は夜空を見上げる。カメラはゆっくりとパン・アップして月に向かう。

モンタージュ

1926年の魔法界のさまざまな新聞が、グリンデルバルドが世界中を襲撃していることを、大見出しで報道している──

「グリンデルバルド、またしても欧州を襲撃」「ホグワーツ校、警備を強化」

「グリンデルバルドの行方は?」

魔法界に深刻な脅威を与えるグリンデルバルドは、行方をくらましたままだ。新聞の動く写真が、破壊された建物や火事の現場、泣き叫ぶ被害者の姿を報道している。次々と入ってくる記事——全世界でグリンデルバルドの捜索が続いている。カメラは最後に「自由の女神」を掲げた記事に寄る。

場面切り替え

シーン2　屋外　ニューヨークに近づく船——翌朝

まぶしく晴れ渡ったニューヨーク。カモメが頭上を飛び交っている。

大きな客船が「自由の女神像」の前を滑るように過ぎていく。旅客たちが船側の手すりに寄りかかり、近づくニューヨークを眺めてワクワクしている。

カメラは、ベンチに腰掛けた男性の後ろ姿に寄る——ニュート・スキャマンダーだ。日に焼けた肌、細身だが頑丈そうな体に、古ぼけたブルーのコートを羽織っている。その横に、くたびれた茶色の革のカバンが置かれている。留め金の一つがパチッとひとりでに外れる。ニュートはすばやく屈んで留め金を掛けなおす。

カバンを膝に乗せ、屈みこんでささやきかける。

ニュート　ドゥーガル——頼むからいい子にしてて。
　　　　　もうすぐだよ。

シーン3　屋外　ニューヨーク――日中

ニューヨークの空撮

シーン4　屋外　客船／屋内　税関――
しばらく後――日中

混み合う船客の中に、船を下りていくニュートの姿がある。カメラはそのカバンに寄る。

税関役人　（声のみ o.s.）次の人。

ニュートが税関役人の前に立つ――船側にずらりと机だけが並び、米国税関の役人がいかめしい顔で検査している。役人の一人が、ニュートのかなり擦り切れた英国のパスポートを調べる。

税関役人　イギリス人だな？

ニュート　はい。

税関役人　ニューヨークは初めてか？

ニュート　はい。

税関役人　（ニュートのカバンを指して）食べ物は入っていないか？

ニュート　（なぜか胸のポケットを片手で押さえながら）いいえ。

税関役人　生き物は？

ニュート　はい。

税関役人　イギリス人だな？

カバンの留め金がまた開く。ニュートは下を向いて急いで閉める。

ニュート　修理しなくては――あ、いいえ。

税関役人　（疑わしげに）中を見せてもらおうか。

ニュートはカバンを机の上に置き、気づかれないように留め金のダイヤルを「マグル用」に切り替える。

税関役人がカバンをくるりと回して自分のほうに向け、留め金を外して開ける。中身はパジャマや地図類、日誌、目覚まし時計、拡大鏡、ハッフルパフのスカーフなどだ。役人はやっと納得してカバンを閉める。

税関役人　ニューヨークへようこそ。

ニュート　ありがとう。

ニュートはパスポートを受け取ってカバンを手に持つ。

税関役人　はい、次！

ニュートが税関を通って出ていく。

13

シーン5 ──屋外 地下鉄のシティホール駅に近い街角 ──夕暮

細長い通りに、ブラウンストーンの石造りのタウンハウスが並んでいる。そのうちの一軒が破壊されてばらばらになっている。報道陣やカメラマンなどの雑多な人たちが、何か事件はないかとうろうろしているが、あまり興味はなさそうだ。レポーターの一人が瓦礫の中を歩き回りながら、興奮した中年の男性にインタビューしている。

目撃者

──そいつはまるで──風みたいだった。

レポーター

それか──幽霊みたいだった──

でも黒っぽかった──で、そいつの目を見た──白く光る眼だ──

（無表情──手にメモ帳を持っている）──黒っぽい風──目がある……

目撃者

──黒っぽい塊だ。で、そこに潜りこんだ。

地面の下に──嘘じゃない……私の目の前で地下に潜った。

倒壊した建物に向かって歩いてくる、パーシバル・グレイブスにズームする。

グレイブス——パリッとした服装。とてもハンサム。40代前半。周囲の人間たちとは様子が違う。

警戒し、油断なく張りつめて、強い自信に満ちている。

カメラマン　突風じゃないのか。それとも電気とか。

レポーター　（小声で s.v.）黒っぽい風とかなんとかだとさ。

カメラマン　（小声で s.v.）おい——何か分かったか？

グレイブスは壊れた建物の石段を上がる。破壊の現場を興味深げに注意深く調べる。

カメラマン　突風じゃないのか。それとも電気とか。

レポーター　いやあ、酒は断ってる。マーサにやめるって約束したしな。

カメラマン　おい——一杯やらないか？

風が吹き始め、悲鳴のような音を出しながら建物の周りで渦巻く。グレイブスだけが関心を示す。

突然道路から衝撃音が連続して聞こえる。音がどこから聞こえるのかとみんなが振り返る。建物の

壁にひびが入り、床の瓦礫が振動したかと思うと、地震のように爆発して、何かが建物の外へと動き出し、道路の真ん中を引き裂いて、荒々しく突進していく——人も車も吹き飛ばされる。

正体不明の力が空中に飛びあがり、旋回しながら、街中の路地という路地を突進していく。やがて、衝撃音とともに地下鉄の駅に潜る。

破壊された道路を調べるグレイブスにズームする。

地下の奥底から、吠え声とも叫び声ともつかない音が聞こえる。

シーン6 屋外 ニューヨークの街角──日中

街を行くニュートの姿。周囲には無頓着で、自分の世界のリズムで行動している。手には行き先を書いた小さな紙きれを握りしめている。それでも、あたりの見慣れないものに対しては、科学者らしい好奇心を示している。

シーン7 屋外 別の街角 シティ銀行の石段──日中

大きな声を聞きつけて興味をそそられ、ニュートは「新セーレム救世軍」の集会に近づく。

1920年代版の清教徒のドレスを着た、きりっとした中西部の女性、メアリー・ルー・ベアボーンが、カリスマ性と真剣な雰囲気を漂わせ、シティ銀行の石段の一角に立っている。その後ろには、組織のシンボルを縫い取りした横断幕を掲げた男が歩き回っている——鮮やかな黄色と赤の炎の中で、折れた魔法の杖を誇らしげに握る両手の図だ。

メアリー・ルー （集まった聴衆に向かって）……この偉大なる街には、人間の輝かしい発明があふれています。

映画館、自動車、無線通信、電気による明かりなど——どれも我々の目を眩ませ、魅了します！

ニュートは歩を緩め、外国の生物種でも見るような目でメアリー・ルーを見つめる。何の価値判断もせず、ただ興味を持って見ている。そのそばに、帽子を目深にかぶり、コートの襟を立て、ティナ・ゴールドスタインが立っている。食べているホットドッグのマスタードが、上唇に付いている。

ニュートは聴衆の前のほうへ出ようとして、ティナにぶつかってしまう。

ニュート あ……失礼。

メアリー・ルー　しかし、友よ、光あるところには必ず影があるのです。何者かがこの町でうごめき、あちこちを破壊しては、跡形もなく消え去っている……

ジェイコブ・コワルスキーが、落ち着かない様子で集会のほうに歩いてくる。体に合わない背広を着て、擦り切れた茶色の革のカバンを下げている。

メアリー・ルー　（声のみ o.s.）我々は戦わねばなりません──あなたも、新セーレム救世軍に加わってください！

ジェイコブが聴衆を掻き分けて進もうとするはずみに、ティナを押しのける。

ジェイコブ　お姉さん、ごめんよ。銀行に行くんで、ちょっと通して──ハイ、ごめんなさいよ……

ジェイコブはニュートのカバンにつまずいて、一瞬姿が見えなくなる。ニュートが助け起こす。

ニュート　すみません——僕のカバンが——

ジェイコブ　いや、大丈夫——

ジェイコブはまた群衆を掻き分けて進み続ける。メアリー・ルーのそばを通り過ぎて、銀行の石段を上がっていく。

ジェイコブ　ハイ、ちょっと通して！

ニュートの周りで一騒動あったので、メアリー・ルーの注意を引いてしまう。

メアリー・ルー　（ニュートに向かってやさしげに）あなた、我が友よ！　何を求めていらしたの？

ニュートは、自分が注目されていることに気付いて驚く。

ニュート　いえ……ただ……通りかかっただけで……

メアリー・ルー　あなたは探究者？　真理を追い求めるシーカー？

――間

ニュート　いや、僕はむしろ追及者、チェイサーです。

銀行に出入りする人たちにカメラを向ける。

立派な身なりの紳士が、階段に腰掛けている物乞いにコインを投げる。

スロー・モーションで落ちていくコインにズームする。

メアリー・ルー　（声のみ o.s.）お聞きなさい、私のこの警告を……

ニュートのカバンの合わせ目のわずかな隙間からのぞいている、カギ爪のある小さな前足にカメラを向ける。

チャリンチャリンと大きな音を立てて石段に落ちるコインにカメラを向ける。

カバンをなんとかしてこじ開けようとしている小さな前足にカメラを向ける。

メアリー・ルー ……笑えるものなら笑えばいい。我々の中に、魔女がいるのです！

メアリー・ルーの三人の養子がビラを配る。クリーデンス、チャスティティ、そして8歳の少女、モデスティだ。クリーデンスはおどおどして不安げな様子。

メアリー・ルー（声のみ o.s）戦わねばなりません。子どもたちのために——そして未来のために！（ニュートに向かって）友よ、どう思いますか？

メアリー・ルーのほうを見上げたニュートは、目の端で気がかりなものを見てしまう。——もぐらとカモノハシを掛け合わせたような、黒くてふわふわした小さな生き物——が銀行の石段に座り、コインでいっぱいの物乞いの帽子を慌てて引きずりこんで、柱の陰に隠そうとしている。

ニュートは驚いて自分のカバンを見下ろす。

カメラをニフラーに向ける。おなかのポケットに物乞いのコインを掻き入れるのに忙しい。顔を上げたニフラーがニュートの視線に気付き、残りのコインを大急ぎで集め、銀行に転がりこむ。

ニュートが聴衆を掻き分けて進む。

ニュート　　すみません。通してください。

カメラをメアリー・ルーに向ける――ニュートが自分の主張に関心を示さないので困惑している。

メアリー・ルー（声のみ o.s）魔女は我々の中にいるのです。

ニュートを不審そうに見ながら聴衆の中を進むティナにカメラを向ける。

シーン8　屋内　銀行のロビー――その直後――日中

銀行入口。威圧的に大きいアトリウム。その中央の金色のカウンターのむこうで、銀行員が忙しく顧客に対応している。

ニュートが入口に駆けこんできて急停止し、問題の生き物を目で探す。ニュートの服装も態度も、立派な格好をしたニューヨーカーの中では場違いだ。

銀行員　（怪（あや）しんで）お客様、何かお困りですか？

ニュート　ああ、いやちょっと……待っているだけです。

ニュートはベンチを手で示（しめ）して後ろに下がり、ジェイコブの隣（となり）に座（すわ）る。

ティナが柱の陰（かげ）からニュートを盗（ぬす）み見ている。

ジェイコブ　（落ち着かない様子）やあ、今日（きょう）は何の用？

ニュートはニフラーを見つけようと必死になっている。

ニュート　あなたと同じ……パン屋を開く資金の相談に？
ジェイコブ　（あたりを見回している──上の空の返事）そう。
ニュート　すごい偶然だ。
ジェイコブ　まあ、お互いにベストを尽くすしかないな。

ニュートがニフラーを発見。今度は誰かのバッグからコインを盗もうとしている。ジェイコブが握手しようと手を出すが、ニュートは立ち上がる。

ニュート　失礼します。

ニュートは走り去る。ベンチに大きな銀の卵が残っている。

ジェイコブ　おい、あんた……おーい！

ニュートには聞こえていない。ニフラーを捕まえることで頭がいっぱいだ。

ジェイコブは卵を取り上げるが、そのとき銀行頭取のオフィスが開いて、秘書が顔を出す。

女性秘書　コワルスキーさん、ビングリーさんがお会いになります。

ジェイコブ　おーい、これ！

ジェイコブは卵をポケットに入れ、気を奮い立たせてオフィスに向かう。

ジェイコブ　（小声で ｓ.ｖ.）よし……よっしゃ。

気付かれないように銀行の中を探し回るニュートにカメラを向ける。ついに、女性の靴からキラキラしたバックルを盗み取っているニフラーを見つける。光るものがもっと欲しくて、ニフラーはすばやく走り去る。

ニフラーはカバンからカバンへ、ハンドバッグの中へとしなやかに飛び回り、盗みを働き続ける。ニュートは見ているばかりでどうしようもない。

シーン9 屋内 ビングリーのオフィス――直後――日中

ジェイコブは完璧なスーツ姿の堂々たるビングリー氏の前にいる。ビングリーはジェイコブの提出したパン屋のビジネス企画書を調べている。

いごこちの悪い沈黙。時計が時を刻み、ビングリーがぶつぶつ言っている。

ジェイコブがポケットを見る――卵が振動し始めている。

ジェイコブ　今のお仕事は……缶詰工場ですか？
ビングリー　ほかに職がなくて——戻ったばかりなんです。二年前に。
ジェイコブ　戻ったとは？
ビングリー　ヨーロッパにいましてね——ええ——遠征軍に参加して——

　ジェイコブはすっかり上がっている。「冗談を言えば希望がかなえられるかもしれないというむなしい期待から、「遠征軍（えんせいぐん）」と言いながら塹壕（ざんごう）を掘（ほ）る格好（かっこう）をしてみせる。

シーン10　屋内　銀行の窓口──同じころ──日中

銀行内のニュートにカメラを戻す──ニフラーを追っているうちに、窓口に並ぶ羽目になってしまった。首を伸ばして、列の先頭にいる女性のバッグを盗み見ている。ティナは柱の陰からニュートを観察している。

ベンチの下にじゃらじゃら落ちてくるコインに集める小さな前足が見える。

ニュートにカメラを向ける。コインの音を聞きつけてニュートが振り返ると、急いでコインを掻き集める小さな前足が見える。

ベンチの下で満足げに座っている、おなかのふくれたニフラーにカメラを向ける。それでもまだ飽き足らず、小さな犬の首にぶら下がっているピカピカの鑑札に気を取られている。ニフラーは、ゆっくりと大胆にも犬のほうに進み──手を伸ばして鑑札をつかもうとする。犬はうなり声をあげ、吠える。

ニュートがダッシュしてベンチの下に潜る——ニフラーは走り出し、銀行窓口の格子(まどぐち)(こうし)を飛び越(と)えて、ニュートの手の届(とど)かないところに逃げる。

シーン11

屋内　ビングリーのオフィス——
その直後——日中

ジェイコブは誇(ほこ)らしげにカバンを開ける。中にはいろいろなホームメイドの菓子(かし)パンが並(なら)んでいる。

ジェイコブ　（声のみ　o.s.）どうぞ。

ジェイコブ　　コワルスキーさん──

ビングリー　　──おすすめはこのポーンチキーというポーランドのドーナツ。

これはね、おばあちゃん直伝なんです、オレンジの皮が──どうか──

ジェイコブがポーンチキーを差し出す……ビングリーは無関心だ。

ビングリー　　担保です。

ジェイコブ　　担保？

ビングリー　　コワルスキーさん、銀行に担保として提示できるものをお持ちですかな？

ジェイコブはこれではどうかと、期待を込めて菓子パンを指す。

ビングリー　　今は機械がありますからね。ドーナツなら一時間に何百個も作れる──

ジェイコブ　　そうですけど、俺が焼くパンはどこの誰にもまねできない──

ビングリー　　コワルスキーさん、銀行としては危ない橋は渡れません。

お引き取りください。

ビングリーはそっけなく机の上のベルを鳴らす。

シーン12 屋内 銀行窓口の裏側──その直後──日中

ニフラーは、金貨を詰めた袋を満載したカートの上に座りこみ、金貨をおなかの袋にせっせと詰めこんでいる。ニュートは、警備用の格子越しに呆然と見つめるしかない。警備員はニフラーを乗せたままカートを押して、廊下を遠ざかっていく。

シーン13　屋内　銀行のロビー——同じころ——日中

ジェイコブがしょんぼりとビングリーのオフィスを出てくる。膨らんだポケットが震える。ジェイコブはびっくりして卵を取り出し、あたりを見回す。

ニフラーにカメラ。まだカートに乗ったままだ。カートがエレベーターに運びこまれようとしている。

ジェイコブにカメラ。離れたところにいるニュートを見つける。

ジェイコブ　おーい、イギリス人さん！　卵が孵りそうだぞ。

ニュートは、ジェイコブと閉まりかけのエレベーターのドアの両方を急いで見て、即座にどうするかを決める。杖をジェイコブに向ける。ジェイコブも卵も、銀行入口のアトリウムからニュートのほうに魔法で引き寄せられる。次の瞬間、二人は「姿くらまし」する。

柱の陰のティナは、信じられないという顔で目を見張る。

シーン14 屋内 銀行のバックオフィス／階段——日中

ニュートとジェイコブが、銀行窓口係や警備員を一挙に通り越して、銀行の金庫に通じる狭い吹き抜け階段に「姿現し」する。

ニュートは、ジェイコブからそっと孵りかけの卵を受け取る。卵から小さな青い蛇のような鳥——オカミー——の姿が現れる。ニュートはすっかり感動して、同じ反応を期待するかのようにジェイコブを見る。

ニュートはひなを抱えて、ゆっくりと階段を下りる。

ジェイコブ　何なんだ……？

すっかり混乱したジェイコブは、階段上の、銀行のアトリウムを見上げる。ビングリーがやってくるのを見て、ジェイコブは階段下に隠れる。

ジェイコブ　（独り言）あそこにいたよな、俺——確かに、あそこに——いたよな？

シーン15　屋内　銀行の地下、中央金庫に続く廊下――日中

カメラはジェイコブの主観ショット――ニュートがしゃがんでカバンを開け、ささやきかけながらオカミーのひなを大事そうに中に入れる。

ニュート　　ほら、お入り……
ジェイコブ　（声のみ o.s.）あのなあ？
ニュート　　いい子だから――みんなじっとして。

こら、ドゥーガル、だめだよ。おとなしくしないと、僕がおりていくぞ……

ジェイコブはニュートを見つめながら廊下を歩いている。

ニュートの胸ポケットから奇妙な緑の生き物が顔を出している。ナナフシ虫と植物を一緒にしたような生き物が、興味津々で外をのぞいている。ボウトラックルのピケットだ。

ニュート　　僕が下におりなくてもいいように、いい子にしてて。

目を上げたニュートは、中央金庫の施錠された扉の隙間から中に入ろうとしているニフラーを見つける。

ニュート　　そうはさせないぞ！

ニュートが杖を取り出し、金庫に向ける。

ニュート　　アロホモラ。

金庫の錠や歯車が回る。

ビングリーが角を曲がってくるのと同時に、金庫のドアが開き始める。

ビングリー　　（ジェイコブに）ああ、それじゃ、金庫の金を**盗もう**っていうのか？

ビングリーが壁の非常ベルを押す。警報が鳴る。ニュートが杖を向けて……

ニュート　ペトリフィカス・トタルス、石になれ！

ビングリーは突然固まり、床にあおむけに倒れる。ジェイコブはあっけにとられる。

ジェイコブ　ビングリーさん！

金庫の扉が大きく開く。

ビングリー　（固まったまま）……コワルスキー！

ニュートは急いで金庫に入る。何百という預金の引出しが開けられていて、コインの山の上に座っているニフラーを見つける。すでに一杯で溢れているおなかのポケットに、もう一本金塊を押しこもうとしながら、ニフラーは反抗的な目でニュートを見る。

ニュート　まったく、もう!?

ニュートはニフラーをがっちり押さえ、後足をつかんで逆さにして振る。とんでもない量の金目のものが、あとからあとから出てくる。

ニュート　（ニフラーに）だめだよ……

ジェイコブは信じられないという顔であたりを見回す。どうなることかと怖くて、落ち着かない。
叱っても、ニュートはニフラーがかわいい。ニヤッと笑いながらニフラーのおなかをくすぐると、お宝がまだまだ溢れ出てくる。
階段に足音が聞こえ、武装した警備員たちが駆け下りてきて、金庫前の廊下に現れる。

ジェイコブ　（慌てふためいて）まずい……違うんだ……待って……撃たないで！

ニュートはすばやくジェイコブをつかみ、ニフラーとカバンも一緒に「姿くらまし」する。

シーン16 屋外 銀行脇の人気のない横丁――日中

ニュートとジェイコブは、横丁に「姿現し」する。銀行からは警報が聞こえ、横丁の出口には人だかりが見える。警官がやってくる。

銀行から走り出たティナが入口脇の手すりから下を見ると、逃げようとするニフラーをカバンに押しこもうと格闘しているニュートと、怯えて壁に張り付いているジェイコブが見える。

ジェイコブ　あああぁ！
ニュート　このコソ泥め！　何度も言い聞かせたじゃないか――他人のものを取っちゃだめ！

ニュートがカバンを閉めてジェイコブに向き直る。

ニュート　巻きこんですみません——

ジェイコブ　あれ、いったい何だったんだ？

ニュート　あなたには関係ない。
　　　　　　ただあいにく、あなたはいろいろ見すぎた。
　　　　　　ちょっとそのまま立っててください——すぐ済みますから。

ニュートは杖を探そうとしてジェイコブに背を向ける。ジェイコブは自分のカバンを拾い上げ、そのカバンで思いっきりニュートを殴る。ニュートは地面に倒れる。

ジェイコブ　ごめんよ——

ジェイコブは命からがら逃げる。

ニュートはしばらく頭を押さえているが、ジェイコブのほうを見る。ジェイコブは横丁を走り出て、人ごみの中に逃げこむ。

ニュート　まいったな！

ティナが意を決して横丁を歩いてくる。ニュートは気を取り直し、カバンを取り上げて、何事もなかったかのようにティナのほうに歩いていく。すれ違いざま、ティナがニュートの肘をつかんで「姿くらまし」する。

シーン17　屋外　銀行の向かい側の狭い横丁──日中

ティナとニュートが狭苦しいレンガ造りの横丁に「姿現し」する。パトカーのサイレンが背後でまだ鳴っている。

ティナは息を切らし、信じられないという顔でニュートと向かい合う。

ティナ　あなたいったい何者なの？

ニュート　え？

ティナ　あなた、誰なの？

ニュート　ニュート・スキャマンダー。あなたは？

ティナ　カバンの中のあれは何？

ニュート　僕のニフラー。

ティナ　（ホットドッグのマスタードがティナの口にまだ付いているのを指さして）あの、
　　　何か付いてますよ、そこ——

ニュート　いったいぜんたい、どうしてあれを逃がしたりしたの？

ティナ　わざとじゃない——あいつ、手に負えないんだ。

ニュート　なにせ光るものに目がなくて——

ティナ　わざとじゃない？

ニュート　ええ。

ティナ　よりによってこんな時に騒ぎを起こすなんて！　難しい状況なのよ！　連行します。

ニュート　えっ？　連行って、どこへ？

ティナが身分証明書を出す。動く写真と、MACUSAのシンボル、白頭鷲の印がある。

ティナ　（口ごもる）ん。

ニュート　（不安そうに）あなたはマクーザの人？　捜査官か何かなの？

ティナ　アメリカ合衆国魔法議会よ。

ティナが身分証明書をさっとコートに戻す。

ニュート　ああ、失礼、僕たちはマグルって呼んでいるので。

ティナ　（いらいらしてくる）ノー・マジよ！　ノー・マジック──非・魔法族よ！

ニュート　え、何を？

ティナ　あのノー・マジはちゃんと処理したでしょうね？

ニュート　（いよいよ心配になってくる）記憶は消したんでしょうね？　カバンを持ったあの

ティナ　ノー・マジの──

ニュート　あ……

ティナ

（驚愕して）第3条のAに反するわ。スキャマンダーさん、連行します。

ティナはニュートの腕をつかみ、二人は再び「姿くらまし」する。

シーン18　屋外　ブロードウェイ——日中

にぎやかな街角に、彫刻の装飾を施した驚くほど超高層のビルが建っている——ウールワース・ビルだ。

ニュートとティナはこのビルに向かって、急ぎ足でブロードウェイを歩いている。ティナはニュートのコートの袖をつかんで、ほとんどニュートを引きずっている。

ティナ　　　来て。
ニュート　　あの——すまないけど、僕はいろいろ用事があって。
ティナ　　　あら、そう。そっちはまたにして。

ティナは無理やりニュートを引っ張って、混み合う通りを縫っていく。

ティナ　　　そもそも何しにニューヨークへ？
ニュート　　バースデー・プレゼントを買いに。

ティナ　ロンドンでは買えないわけ？

二人はウールワース・ビルにたどり着く。大勢の社員が、大きな回転扉を出入りしている。

ニュート　いいや、アパルーサ・パフスケインのブリーダーは、ここニューヨークにしかいないんだ。だから……

ティナは、マントを着た警備員のいる通用ドアにニュートを押しやる。

ティナ　（**警備員**に）第3条のAよ。

警備員はすぐさまドアを開く。

シーン19　屋内　ウールワース・ビル受付──日中

1920年代のごく普通のオフィスの入口。大勢の人が動き回り、おしゃべりしている。

ティナ　（声のみ o.s.）あのね、言っとくけど、ニューヨークでは魔法動物の飼育は禁止なの。
そのブリーダーは一年前に廃業させたわ。

カメラをパンして、ニュートを連れて入ってくるティナを映す。入るなり、入口全体が魔法で変貌し、ウールワース・ビルから「アメリカ合衆国魔法議会（MACUSA）」になる。

シーン20　屋内　マクーザのロビー――日中

カメラはニュートの主観ショット。二人は広い階段を上り、メイン・ロビーに入る。ありえないほど高い円天井の下に、壮大な空間が広がっている。上のほうに、たくさんの歯車と文字盤の付いた巨大な時計のようなダイヤルがあり、「**魔法暴露警告レベル**」と書かれている。文字盤の針が、「**深刻――不可解な活動**」を指している。その後ろに、威厳のある美しい魔女の、見上げるように大きな肖像画が掛かっている。マクーザのセラフィーナ・ピッカリー議長だ。

ふくろうが飛び回り、1920年代の服を着た魔法使いたちが忙しく働いている。ティナは感心した表情のニュートを導いて、人波の中を進む。途中、何人かの魔法使いが腰掛けて、杖磨きの順番待ちをしているところを通り過ぎる。屋敷しもべ妖精が、複雑な羽根の仕掛けを使って、杖を磨いている。

二人はエレベーターの前に来る。ドアが開くと、ベルボーイのゴブリン、レッドが現れる。

レッド　やあ、ゴールドスタイン。

ティナ　ハイ、レッド。

ティナがニュートを中に押しこむ。

シーン21　屋内　エレベーター――日中

ティナ　（レッドに）調査本部へお願い。

レッド　でも、あんたはもう……

ティナ　調査本部よ！　第3条のAなんだから！

レッドはかぎ爪のついた長い棒を使って、手の届かないボタンを押す。エレベーターが下りていく。

シーン22　屋内　調査本部——日中

「露の危機」

新聞にズームする——ニューヨーク・ゴースト紙——大見出しは「魔法の乱れ——魔法の存在暴露の危機」

闇祓いの最高幹部が集って、深刻な議論をしている。昨夜の不可解な物体との遭遇で、顔に傷を負っている。その中に、新聞を調べるグレイブスの顔があある。ピッカリー議長その人もいる。

ピッカリー議長　国際魔法使い連盟も、グリンデルバルドの攻撃がアメリカに飛び火したのではと考

グレイブス　えており、代表団を派遣すると警告しています。

ピッカリー議長　この目で見ましたが、獣の仕業です。

ピッカリー議長　(声のみ o.s.) 何にせよ、こんな騒動は止めなければなりません。ノー・マジがおびえています。彼らはおびえると攻撃的になる。魔法の存在が暴露されれば、戦争になるかもしれません。

足音がして、一同がそのほうを振り向く。ティナがニュートを連れて用心深く入ってくる。

ピッカリー議長　(怒りを抑えながら) ミス・ゴールドスタイン、あなたの立場ははっきりさせたはずですよ。

ティナ　(恐れて) はい、ピッカリー議長、でも私は……

ピッカリー議長　もう闇祓いではないはずです。

ティナ　はい、でも議長、実はその……

ピッカリー議長　ゴールドスタイン。

ティナ　ちょっとした事件がありまして……

ピッカリー議長　この調査本部は今、重大な事件を審議中です。

ティナ　出ていきなさい。

（辱められて）はい、議長。

ティナは、わけのわからない顔のニュートを押して、エレベーターに向かう。グレイブスがその後姿を見送る。彼だけが同情しているように見える。

シーン23　屋内　魔法省の地下——日中

エレベーターは長い昇降路を急降下する。

ドアが開くと、狭くて窓もない、息苦しい地下の部屋に続いている。上階とは痛々しいまでに対照

的だ。ここは明らかに、全く将来性のない者が働く場所だ。

誰もいないのに仕事をしている百台ものタイプライターの中を、ティナがニュートを連れて通り過ぎる。絡み合ったガラスのパイプが天井から垂れ下がっている。

タイプライターから打ち出されるメモや書式は、勝手に折り紙でネズミの形になり、ちょろちょろと上階につながるパイプに走りこんで、宛先のオフィスに移動する。二匹の紙ネズミが衝突して争いになり、両方ともビリビリに破ける。

ティナは部屋の薄暗い隅に向かう。「**魔法の杖　許可局**」の看板がある。

ニュートは看板の下をくぐる。

シーン24　屋内　魔法の杖　許可局──日中

「魔法の杖　許可局」は戸棚よりわずかに大きいくらいの広さだ。開封されていない申請書が山積みになっている。

ティナは机の向こう側で立ち止まり、コートと帽子を脱ぐ。ニュートの前で、失った威厳を取り戻そうとして事務的にふるまい、忙しそうに書類を調べる。

ティナ　それで、杖の許可証は持ってるの？　外国から来たなら、ニューヨークでは必要よ。

ニュート　（嘘をつく）あ……何週間か前に郵便で申請しました。

ティナ　（机に腰掛けて、クリップボードに走り書きする）スキャマンダーっと……

ニュート　（この人はかなり怪しい、と思いながら）それで、あなた、赤道ギニアに行ってたの？

ティナ　一年の現地調査を終えたばかりで、魔法動物の本を書いてるところです。

ニュート　駆除の仕方の本──とか？

ティナ　いや、殺すんじゃなく、保護する必要があることを分かってもらうための本です。

アバナシー　（声のみ o.s）ゴールドスタイン？

どこだ？

どこ行った？

ティナは、パッと机の下に潜りこむ。ニュートがおもしろがる。アバナシーは小役人根性の威張ったやつ。ティナの隠れている場所にすぐに気付く。

アバナシー　ゴールドスタイン！

ティナは、うしろめたそうな顔で、そろそろと机の後ろに現れる。

アバナシー　君はまた、調査部の邪魔をしてきたのか？

ティナは自己弁護しようとするが、アバナシーが話し続ける。

アバナシー　どこにいた?

ティナ　(ばつが悪そうに) え……?

アバナシー　(ニュートに) どこで君を拾ったのかね?

ニュート　僕を?

ニュートは急いでティナを見るが、ティナはすがるような表情で首を横に振る。ニュートは口をつぐむ——二人の間に暗黙の了解が成り立つ。

アバナシー　(情報が得られないので焦れて) また「新セーレム救世軍」を追っかけてたのか?

ティナ　とんでもありません。

グレイブスがすぐそこに来る。アバナシーはたちまち低姿勢になる。

アバナシー　ようこそ、グレイブス長官!

グレイブス　邪魔するよ、あー、アバナシー。

ティナが進み出て、グレイブスに改まって話しかける。

ティナ　（訴えの内容を聞いてもらいたくて、早口で話す）グレイブス長官、この人はスキャマンダーさんです——、そのカバンにとんでもない動物が一匹いて、逃げ出して銀行が大騒ぎになりました。

グレイブス　そいつを見せてもらおうか。

やっと自分のいうことが聞いてもらえて、ティナはほっとする。ニュートが異議を申し立てようとする——ニフラー一匹にしては不釣り合いなほどに慌てている——しかしグレイブスは無視する。

ティナは大げさにカバンを机の上に置き、パッと開ける。中身を見て口もきけないほど驚く。

カバンの中身にカメラを向ける——菓子パンがぎっしりだ。ニュートが心配そうに近づく。中身を見て、ニュートもショックを受ける。グレイブスは困惑した様子だが、苦笑いする——またしてもティナの失敗だ。

グレイブス　ティナ……

グレイブスが去る。ニュートとティナが顔を見合わせる。

シーン25 ―― 屋外　ローワー・イースト・サイドの街角 ―― 日中

ジェイコブがカバンを手に、手押し車(てぐるま)式の屋台や、みすぼらしい小さな店、安アパートなどの並(なら)ぶ薄暗(うすぐら)い街をどんどん歩いていく。背後(はいご)を気にして何度もびくびく振(ふ)り返(かえ)る。

シーン26　屋内　ジェイコブの部屋(へや)の中 ―― 日中

小さな汚(きたな)い部屋(へや)。安っぽい家具が少し置かれているだけ。

ジェイコブがベッドに投げ出したカバンにズームする。ジェイコブは壁にかかっている祖母の写真を見上げる。

ジェイコブ　ごめんな、ばあちゃん。

落胆し疲れたジェイコブは、両手で頭を抱えて机の前に座りこむ。その背後で、カバンの留め金の片方がパチッと開く。ジェイコブが振り返る……

ジェイコブはベッドに座ってカバンを調べる。もう片方の留め金も勝手に開き、カバンが揺れだす。動物の攻撃的な音が中から聞こえる。ジェイコブはそろりそろりと後退る。

ジェイコブが恐る恐る前かがみになる……突然カバンがパッと開いて、マートラップが飛び出す——ネズミに似た生き物で、背中にイソギンチャクのようなものが生えている。ジェイコブが押さえこんで、暴れるマートラップを両手でしっかりつかむ。

カメラをさっとカバンに向ける。カバンが再び勢いよく開いて、目に見えない何かが飛び出し、天

井にぶつかり、窓ガラスを割って出ていく。

マートラップが手から飛び出し、ジェイコブの首を噛む。噛まれた反動で、ジェイコブは家具にぶつかりながら転び、床に倒れる。

画面には見えないが、いろいろな生き物が逃げ出すにつれて、部屋が激しく揺れ、ジェイコブの祖母の写真の掛かった壁がひび割れ始めて、ついに爆発する。

シーン27

――屋内　新セーレム救世軍教会のメイン・ホール
――日中――モンタージュ

新セーレム救世軍教会のメイン・ホールの、高い中二階のバルコニーで、チョークで書いた枠を使って、ひとりでケンケン遊びをしている。窓が黒く塗られた薄暗い木造の教会。モデスティが、

モデスティ　♪マ〜マとおばさん　魔女狩りに
　　　　　マ〜マとおばさん　空を飛ぶ
　　　　　マ〜マとおばさん　魔〜女は涙を流さない
　　　　　マ〜マとおばさん　魔女は死ぬ！
　　　　　魔女1号は　おぼれ死に
　　　　　魔女2号は　首吊った

少女が歌う間、カメラは教会内部のさまざまな宣伝物を見せる――メアリー・ルーのキャンペーンを広報するパンフレットや、反魔女の大横断幕などだ。

シーン28 屋内 新セーレム救世軍教会、メイン・ホール——日中

鳩が一羽、高窓の外で鳴いている。クリーデンスが鳩を見上げながら一歩踏み出して、機械的に手を叩く。鳩が飛び去る。

カメラは、教会の建物の中を抜けて、通りに面する大きな二重扉を開けるチャスティティを追う。

シーン29 屋外 新セーレム救世軍の裏庭――日中

チャスティティが中から出てきて、大きなディナーベルを鳴らす。

シーン30　屋内　新セーレム救世軍教会、メイン・ホール——日中

モデスティはケンケン遊びを続けている。クリーデンスが立ち止まって、モデスティのむこうにあるドアのほうを見る。

モデスティ　♪魔女3号は　火あぶりに
　　　　　　魔女4号は　むち打ちだ

子どもたちが次々に教会に入っていく。

タイムカット

列に並んで、もっと前に出ようと押し合っている子どもたちに、茶色いスープが配られている。エプロンをかけたメアリー・ルーが、満足げに、子どもたちの群れを押し分けて歩いていく。

メアリー・ルー　みんな、食べる前にちゃんとビラを受け取るんですよ。

数人の子どもが、ツンとしてキャンペーンのビラを配っているチャスティティのほうを見る。

タイムカット

メアリー・ルーとクリーデンスがスープを配る。クリーデンスは一人一人(ひとりひとり)の顔をじっと見る。

顔にあざのある少年が列の先頭に来る。クリーデンスは手を止めて少年を見つめる。メアリー・ルーが手を伸(の)ばして、少年の顔にさわる。

アザのある少年　おばさん、このアザ、魔女(まじょ)のしるしなの？
メアリー・ルー　いいえ、この子は大丈夫(だいじょうぶ)。

少年はスープを受け取って列を離(はな)れる。クリーデンスがスープを配り続けながら少年を目で追う。

シーン31　屋外　ロワー・イースト・サイドの広い通り──午後

通りのずっと上を飛んでいるビリーウィグ──頭にヘリコプターのような羽根を持つ小さなブルーの昆虫(こんちゅう)──にズームする。

ティナとニュートがその通りを歩いている。ティナがカバンを持っている。

ニュート　なんで君が？　悪いのは僕なのに……

ティナ　(ほとんど泣きだしそう) どうしてあの人をオブリビエイトしなかったの！ 尋問(じんもん)になったら、私(わたし)はもうおしまいだわ！

ティナ　私、新セーレム救世軍に近づいちゃいけなかったの！

ビリーウィグが二人の頭上を飛んでいく。上を見たニュートがぎょっとなって見つめる。

ニュート　うーん……蛾じゃないかな。大きな蛾。
ティナ　今のは何？

ジャンプカット

ティナはこの説明はあやしいと思う。二人が角を曲がると、崩れた建物の前に人だかりがしている。大声で叫ぶ人もいれば、急いで建物から避難する人もいる。警官が一人、その中に立ち、安アパートの住人の不平不満に困りきっている。

警官　こら！　こらこら！　静かに！　今事情を聞いてるんだ。

ニュートとティナが人だかりの周りを歩いていく。その後ろに、警官の注意を引こうとしているほろ酔いの浮浪者が見える。

主婦(しゅふ)　おまわりさん！　だから言ってるでしょ。またガス爆発(ばくはつ)よ。危(あぶ)なくて戻(もど)れないわ。子どももいるんだから！

浮浪者(ルンペン)　でも、奥(おく)さん、ガスのにおいなんてしませんよ。

警官(けいかん)　(酔(よ)っぱらっている) いンや　ガスなんかじゃねえよ——おまわりさん、俺あ見たんだ！

浮浪者(ルンペン)　ありゃ——もンのすごい——でっかいカバ……

　——ガス、ガスだった。

ティナは壊(こわ)れた建物を見上げていて、ニュートが袖(そで)からそっと杖(つえ)を取り出して浮浪者(ルンペン)に向けるのに気付かない。

周りにいる人たちも同調する。

群衆(ぐんしゅう)　ガス……あれはガスだった！

ティナはまた、飛んでいくビリーウィグを目撃(もくげき)する。その隙(すき)に、ニュートは金属製(きんぞくせい)の階段(かいだん)を駆(か)け上

がって、壊れた安アパートの中に入る。

シーン32　屋内　ジェイコブの部屋——午後

ジェイコブの部屋に入ってきたニュートが目を見張って立ち止まる。めちゃめちゃになった部屋。足跡、壊れた家具、割れた窓ガラス。最悪なのは反対側の壁の大きな穴——何か巨大なものがそこを吹き飛ばして出ていったのだ。隅のほうからジェイコブのうめき声が聞こえる。

シーン33　屋外　安アパートの通り──午後

ティナにカメラを戻す。あたりを見回して、ニュートが人ごみから消えたことに気付く。

シーン34　屋内　ジェイコブの部屋

ニュートは、あおむけで目を閉じたままうめいているジェイコブのそばに屈みこみ、ジェイコブの首の小さな赤い傷を調べようとするが、ジェイコブは無意識に、それを何度も払いのける。

ティナ　(声のみ o.s.)　スキャマンダーさん！

画面が切り替わり、ジェイコブのアパートの階段を、決然と駆け上がるティナを映す。部屋は元通りになり、壁も修復される。

ニュートにカメラを戻す。必死で修復の魔法をかける。ティナが部屋に入ってくるまでにやっと間に合う。

シーン35　屋内　ジェイコブの部屋――午後

大急ぎで部屋に入ってきたティナは、何食わぬ顔で落ち着いたふうを装い、ベッドに腰掛けている

ニュートを見つける。ニュートは平然とカバンの留め金を掛ける。

ティナ　　だったら捜して！　早く！
ニュート　んー、そうかもしれない——
ティナ　　あのお騒がせニフラーがまた逃げたの?
ニュート　ちょっとだけ……
ティナ　　開いてたの?

ジェイコブがうめく。

ティナはジェイコブのカバンを取り落とし、急いで傷ついたジェイコブに近づく。

ティナ　　(ジェイコブのことを心配して)　首から血が！　ケガしてるわ！　起きて！　ノー・マジさん……

ティナがニュートに背を向けた隙に、ニュートは出口に向かう。突然、ティナのギャーという悲鳴。戸棚の下からチョロチョロと現れたマートラップが、ティナの腕にとりついている。すばやく振り向

いたニュートが、マートラップのしっぽを押さえて捕まえ、カバンに押しこむ。

ニュート　　心配いらないよ。これは……マートラップだ。

ティナ　　なんてこと！　それ何！

ジェイコブが目を開けるが、二人とも気が付かない。

ジェイコブ　大丈夫？　ミスター……

ニュート　　やあ。

ジェイコブ　（ニュートに気付いて）あんたは！

ティナ　　カバンに、他に何が入ってるの？

ジェイコブ　コワルスキーだ……ジェイコブ・コワルスキー。

ティナがジェイコブと握手する。ジェイコブはひるんでティナにすがりつく。ティナはジェイコブの前に立って守ろうとする。

ニュートが杖を上げる。

ティナ　オブリビエイトしちゃダメ！　大事な証人なのよ。

ニュート　え、ちょっと待ってよ？　ニューヨーク中を歩きながら、「なんでオブリビエイトしなかったの」って怒ってたくせに……

ティナ　怪我人よ！　気分が悪そうだわ！

ニュート　大丈夫。マートラップに噛まれても、大したことにはならない。

ニュートが杖をしまう。ジェイコブが部屋の隅で吐く。ティナは、信じられないという顔でニュートを見る。

ニュート　ああ、最初にお尻の穴から火が吹き出して……

ティナ　何なの？

ニュート　でも最悪の場合は……

ティナ　確かに普通よりはひどそうな反応だね。

ジェイコブが驚いてお尻を触る。

ティナ　めちゃくちゃじゃない！

ニュート　症状はせいぜい48時間だ！

ティナ　よければ僕が面倒見るから——

面倒見る？　それはあり得ません！

ニュート　スキャマンダーさん、あなた……アメリカの魔法社会について何にもご存じない
の？

いや、少しは存じてますよ。非魔法族との関係についての時代遅れの法律とか。

友人になっちゃダメ、結婚もダメ、少しばかげていると思いますけどね。

ジェイコブは口をぽかんと開けたまま、このやりとりを聞いている。

ティナ　誰が彼と結婚すると言った？

二人とも一緒に来て——

ニュート　なんで僕が君と一緒に行く必要があるの？

ティナは、まだ意識がはっきりしないジェイコブを助け起こそうとする。

ティナ　　　　手伝って！

ニュートは助けないわけにはいかない。

ティナ　　　　これは……きっと夢だよな？　そうだ……疲れてんだな。
　　　　　　　銀行なんか行ってない、みんな悪い夢だ、そうだろ？
ジェイコブ　　コワルスキーさん、私にとっても悪夢よ
ティナ　　　　

ティナとニュートは、ジェイコブを連れて「姿くらまし」する。

カメラはもう一度壁に掛かったジェイコブの祖母の写真にフォーカス。やがて写真がちょっと揺れて落ちる。その裏の壁の穴に、ニフラーが納まっている。

シーン36　屋外　アッパー・イースト・サイド――午後

父親に手を引かれた小さな男の子が、大きなぺろぺろ飴を持って混み合った通りを歩いている。二人が果物の屋台を通り過ぎるとき、りんごが一個浮き上がり、子どもと一緒にふわふわ移動していく。りんごが目に見えない誰かにかじられていく様子を、男の子が目を丸くして見つめる。その見えない誰かに、手に持った飴をひったくられて、男の子の顔から笑いが消える。

新聞売りのスタンドで、広告用ポスターに印刷された女性の目がぱちりと開く。生き物がポスターに張り付いているうちは、ポスターにカムフラージュされて、その姿の輪郭が見えるが、生き物がポスターを離れると、また透明になって、歩いていく生き物が手に持ったぺろぺろ飴の動きでしか居場所がわからない――飴が宙に浮いているようだ。犬が飴に向かって吠えると、生き物は新聞売りのスタンドをひっくり返して、慌てて走りだす。オートバイや車がそれを避けようとして蛇行する。

デパートの屋根にカメラを向ける――屋根裏部屋の小さな窓に、細いブルーの尻尾がスルスルと入っていくのが見える。その生き物が部屋いっぱいの大きさに

膨れ上がり、突然、建物が揺れて屋根瓦が剥がれ落ちる。

シーン37 屋内 ショー・タワー内の編集局──夕方

メディア帝国の本拠地、きらびやかなアールデコの建物。大勢の記者たちが編集室で忙しく働いている。

エレベーターが開いて、ラングドン・ショーが、新セーレム救世軍の四人を案内して、興奮気味に部屋を歩き回る。手には地図類や古い本を数冊、写真を数枚持っている。

メアリー・ルーは落ち着きはらい、チャスティティは恥ずかし気で、モデスティは物珍しそうに興

奮している。クリーデンスはおどおどしている——人ごみが苦手なのだ。

ラングドン　で、こちらが編集室です。

ラングドンは、ここでは自分が偉いのだということを新セーレム救世軍の客に見せたくて、興奮気味にくるりと振り向く。

ラングドン　さあ、どうぞ！

ラングドンは編集室を動き回り、何人かに話しかける。

ラングドン　やあ、ご苦労さん。
　ベアボーン一家をお通しして！
　まさにここで……新聞が仕上がるわけですよ。

ラングドンが一行を連れて、間仕切りのない部屋の中を移動し、突き当たりの二重扉まで行くのを、記者たちはひそかに面白がって見ている。扉の前で、ヘンリー・ショー・シニアの秘書、バーカーが

困ったように立ち上がる。

バーカー　ラングドンさん、困ります、今、議員がいらしてて……

ラングドン　いいから、バーカー、父に用があるんだ！

ラングドンはお構いなしに進む。

シーン38 ──屋内　ショー・シニアのペントハウス・オフィス ──夕方

ニューヨークを一望するすばらしい景観の壮大な事務所。新聞王──ヘンリー・ショー・シニア

──が、長男のショー上院議員と話している。

ショー議員　　……票を買い切ることもできます……

扉がパッと開いて、弱りきった顔のバーカーと、興奮して得意げなラングドンの顔が見える。

バーカー　　申し訳ありません社長、ご子息がどうしてもと……

ラングドン　　父さん、ぜひ聞いてほしいことがあるんだ。

ラングドンが父親の机に近づき、写真を広げ始める。映画の最初に出た破壊された通りの写真もある。

ラングドン　特ダネですよ、とびきりの！
ショー・シニア　今忙しいんだよ、ラングドン。兄さんの選挙のことでな。お前の話を聞いている暇はない。

メアリー・ルー、クリーデンス、チャスティティ、モデスティが部屋へ入る。クリーデンスは狼狽し、おどおどとうつむいたきりだ。ショー・シニアとショー上院議員がにらみつける。

ラングドン　こちらはメアリー・ルー・ベアボーンさん。新セーレム救世軍の方です。
ショー・シニア　ほう　それはそれは……？
ラングドン　この人にはすごいネタがあるんです！
　　　　　　町じゅうで奇妙な事件が起きてるでしょ。あれは我々のような人間の仕業じゃない。
　　　　　　全部、魔女のせいなんですよ！

ショー・シニアと上院議員は真に受けていない——ラングドンの突飛な計画や関心事には慣れっこになっている。

ショー・シニア　ラングドン……
ラングドン　謝礼はいらないそうです。
ショー・シニア　つまり情報に価値がないか、謝礼について嘘を言っているか、どちらかだ。
　　　　　　　価値のあるものならタダでは差し出さない。
メアリー・ルー　（自信に満ち、説得力がある）ショーさん、おっしゃる通りです。
　　　　　　　欲しいのはお金よりも価値のある見返りです。
　　　　　　　あなたの新聞の影響力。
　　　　　　　何百万人もの読者に、この危険を知らせたいのです。
ラングドン　ほら、ひどい騒ぎがあったでしょ、地下鉄で——この写真を見てください。
ショー・シニア　お引き取り願え。
ラングドン　待って……せっかくのネタなのに。証拠を見てください！
ショー・シニア　まだ言うのか。
　　　　　　　（父親と弟のところに来て）ラングドン、父さんの言うとおりにするんだ。
　　　　　　　出ていけ。この……

　ショー議員はクリーデンスに目を向ける。

ショー議員　……変人どもを連れて。

クリーデンスは周囲の怒りを感じ取って動揺し、明らかにピクリとする。メアリー・ルーは平静だが、頑として動じない。

ラングドン　ここは父さんのオフィスだ。兄さんに指図される筋合いはない。うんざりだよ。いつもいつも……

ショー・シニアは息子を黙らせ、ベアボーン一家に向かって出ていけと合図する。

ショー・シニア　もういい！　──ご苦労。

メアリー・ルー　（冷静に威厳をもって）どうかお考え直しくださいますよう。

ショー・シニアと上院議員はメアリー・ルーが子どもたちを連れて出ていくのを見ている。編集室は口論に聞き耳を立て、ひっそりしている。

去り際に、クリーデンスがビラを一枚落とす。ショー上院議員がそれを拾い、ビラの魔女の絵をチラリと見る。

ショー議員 　（クリーデンスに）おい、君、何か落としたぞ。

上院議員は、ビラをくしゃくしゃに丸めてからクリーデンスに返す。

ショー議員 　ほら、変人くん——これも、君たちも、全部ごみ溜め行きだ。

クリーデンスの後ろにいるモデスティの目が燃え上がる。モデスティが、クリーデンスを守るように、その手を取る。

シーン 39

屋外　ブラウンストーンの住宅が並ぶ通り——

それからしばらくして——夕方

ティナとニュートが、ふらついているジェイコブを両脇から支えて、まっすぐ歩かせようとしている。

ティナ　ここを右よ……

ジェイコブが、何度も吐き気をもよおしたような音を出す。首の嚙み傷による症状が明らかにひどくなっている。

角を曲がったところで、ティナは二人を急き立てて大きな修理サービストラックの陰に隠れる。ティナはそこから向かい側のアパートを盗み見る。

ティナ　いい——入る前に言っとくけど——

ホントはこのアパート、男子禁制なの。

ニュート　だったら、僕とコワルスキーさんは別の宿を捜すから――

ティナ　ダメよ、ほら！

ティナは急いでジェイコブの腕をつかみ、通りの向かい側に引っ張っていく。ニュートは仕方なくついていく。

ティナ　段差に気をつけてね。

シーン40 屋内 ゴールドスタインのアパートの内階段──夕方

ニュート、ティナ、ジェイコブが、音を立てないように階段を上がっていく。三人はその場に凍りつく。最初の踊り場に着いた時、家主のエスポジト夫人が呼びかける声がする。

エスポジト夫人　（声のみ o.s.）ティナなの？
ティナ　　　　　そうです、エスポジトさん。
エスポジト夫人　（声のみ o.s.）あなた一人？
ティナ　　　　　ええ、いつだって一人ですよ、エスポジトさん！

──間

シーン41　屋内　ゴールドスタインのアパート、居間──夕方

三人はゴールドスタインの部屋に入る。

部屋は粗末だが、日常の家事魔法でにぎやかになっている。アイロンは部屋の隅で勝手に仕事をし、暖炉前の洗濯物干しは、木製の脚で不器用に回転し、下着類を乾かしている。雑誌が散らかっている。「魔女の友」、「魔女閑談」、「変身現代」など。

ブロンドのクイニーは、最高に美しい魔女。シルクのスリップ姿で、ドレスメーカー用の人台を使って、ドレス繕いを指揮している。ジェイコブはびっくり仰天。

ニュートはほとんどクイニーに気が付かない。早くここを出たくて落ち着かず、窓から外を覗く。

クイニー　ティーニー──殿方を連れてきたの？　紹介するわ。私の妹よ。

ティナ　服を着たら？　クイニー。

クイニー　（気にしない様子）あら、そうね――

クイニーが人台に向かって杖を振ると、ドレスがするりとクイニーの体を包む。ジェイコブは呆然とその様子を見つめている。

ティナはじりじりして部屋を片付け始める。

クイニー　それで？

ティナ　どういうかた？

クイニー　こちらはスキャマンダーさん。国際機密保持法の重大な違反を犯したの。

ティナ　（感心したように）犯罪者ってこと？

クイニー　そう。こちらはコワルスキーさん。ノー・マジよ――

ティナ　（急に心配そうに）ノー・マジ？

クイニー　ティーンたら――どういうつもり？

ティナ　彼、具合が悪いの――

いろいろあってね――

スキャマンダーさんがあるものをなくして、私は探すのを手伝わなきゃ。

ジェイコブが突然ふらつき、汗びっしょりで気分が悪そう。クイニーが駆け寄り、ティナも心配そうにうろうろする。

クイニー　（ソファーに倒れこんだジェイコブに）座って休んでなくちゃだめよ。あら──（ジェイコブの心を読んで）──この人、朝から何も食べてないのね。（また心を読んで）──あら……それはつらいわね。（心を読んで）──パン屋さんを開きたいけど、お金が借りられなかったのね。あなた、パンを焼けるの？
あたしは料理が好き。

ニュートは窓のそばでクイニーを見ている。

クイニー　開心術（かいしんじゅつ）が使えるの？　科学的な興味（きょうみ）が湧（わ）く。
ニュート　ん、まあね。

ジェイコブ　でも、あなたみたいなイギリス人は、苦手。なまりがあるでしょ。

（やっと気が付いて、ゾッとする）え……俺の心……読めるの？

クイニー　うぅん、気にしないでいいのよ。男の人はあたしを見ると、みんなあなたと同じことを考えるの。

クイニーは、いたずらっぽく杖でジェイコブを指す。

クイニー　さあ、何か食べなきゃ。

窓の外を見たニュートは、ビリーウィグが飛び過ぎていくのを見つける——心配でたまらない。早く外に出て動物たちを探したくてしかたがない。

ティナとクイニーはキッチンで忙しく働く。クイニーの魔法で、戸棚からフワフワ材料が漂い出てきて、食事の支度が進んでいく——にんじんやりんごは勝手に刻まれ、パン生地は巻き上げられ、平鍋はかき混ぜられる。

クイニー　（ティナに）またホットドッグ？
ティナ　　心を読まないで！
クイニー　あんまり健康的なランチじゃないわ。

ティナが食器棚に杖を向けると、皿やナイフ、フォーク、グラスなどが飛び出し、ティナの杖の軽い動きでテーブルに並ぶ。ジェイコブは半ば感心し半ば恐れ、よろけながらテーブルに近づく。

ニュートにカメラ。ドアの取っ手に手を掛けている。

クイニー　（ごく自然に）ねえ、スキャマンダーさん。パイがいい？　シュトルーデル？

全員がニュートを見る。ばつの悪い思いで、ニュートは取っ手から手を放す。

ニュート　あ……いえ、僕はどっちでも。

ティナはニュートをにらむ。　咎めるようでもあり、がっかりして傷ついているようでもある。

ジェイコブはとっくにテーブルに着いて、ナプキンをシャツに挟みこんでいる。

ジェイコブはいかにも嬉しそうに頷く。　クイニーも喜んでニコリと笑う。

クイニー　　（心を読んで）あなたはシュトルーデル。　ン？　そうよね？

じゃ、シュトルーデル。

クイニーの杖の一振りで、干しぶどう、りんご、パイ皮が空中に現れる。材料がひとりでに巻きこまれて、きちんとした筒状のパイになり、その場でパイが焼かれ、見事なデコレーションも付いているし、粉砂糖も振りかけられている。ジェイコブは深く息を吸いこむ。ああ、天国だ。

ティナはテーブルのキャンドルに火をつける――食事の支度が整った。

ニュートのポケットにフォーカス。小さなキーキー声がして、ピケットが物珍しさに顔をのぞかせる。

ティナ　ほら座って、スキャマンダーさん。毒は入ってないわ。

ニュートはまだドア近くをうろうろしているが、目の前の状況にちょっと魅せられている。ジェイコブはニュートを座らせようとして、それとなくニュートをにらむ。

シーン42 屋外 ブロードウェイ──夜

遅い食事をとる人たちや、劇場に向かう人々の中を、クリーデンスがひとりで歩いている。車が騒がしく通り過ぎていく。クリーデンスはビラを配ろうとするが、胡散臭そうな目やかすかな嘲りに出会うばかりだ。

ウールワース・ビルが目の前に現れる。クリーデンスはちらりと憧れの目を向ける。グレイブスがその外に立って、クリーデンスをじっと見つめている。その姿を見つけたクリーデンスの顔に、希望の光がよぎる。すっかり心を奪われて、クリーデンスはグレイブスのほうへと通りを横切っていく。自分が向かっていく先さえ見ていない──ほかのことはすべて忘れ去っている。

シーン43　屋外　横丁——夜

クリーデンスは薄暗い横丁の端に、うつむいて立っている。グレイブスがすぐそばにやってきて、秘密のはかりごとをするようにささやきかける。

グレイブス　何か気になることがあるようだな。また母親か？

クリーデンス　誰かに何か言われたのか？　何と言われた？

グレイブス　僕は変人なの？

クリーデンス　いいや——君は特別だ。君を見込んで協力を頼んでいる。そうだろう？

間。グレイブスがクリーデンスの腕に片手を置く。人肌を感じて、クリーデンスはビクッとすると同時にうっとりする。

調べはついたか？

クリーデンス　グレイブスさん、まだです。

グレイブス　せめて男の子か女の子か分かったら……
私の透視で分かっているのは、強い力を持つ子どもだというだけだ。
おそらく10歳かそこら。

クリーデンス　そしてそのかたわらには君の母親がいた——それはハッキリと見えた。
子どもは大勢面倒見てるし……

グレイブス　グレイブスの語調が和らぐ——言葉巧みにあやしている。

それだけじゃない。
今まで黙っていたが、ニューヨークで私と働く君の姿も見えた。
その子は君を信頼している。
だから君の力がカギだ——それが見えた。
魔法使いの世界に入りたいんだろう？
一緒に実現しよう、クリーデンス。
君のためにも、子どもを見つけろ。
そうすれば我々は自由だ。

シーン44 屋内 ゴールドスタインのアパート、居間──30分後──夜

ニュートのカバンの留め金(がね)がポンと開く。ニュートが手を伸(の)ばしてぐいと閉(し)める。

食事したおかげで、ジェイコブは少し気分がよくなったようだ。ジェイコブとクイニーはとても気があっている。

クイニー

派(は)手な仕事じゃないわ。毎日コーヒー入れたりトイレの呪(のろ)いを解(と)いたり……ティナはキャリアガールよ。

ジェイコブ　（ジェイコブの心を読んで）うぅん、私たち親はいないの。

　　　　　子どものころドラゴン疱瘡で死んじゃった。

　　　　　（また心を読んで）まあ……優しいのね。

　　　　　でも姉と二人だから！

ジェイコブ　心を読むの、やめてくれないかな？

　　　　　あ、誤解しないで——イヤじゃないんだ。

　　　　　クイニーが嬉しそうにクスクス笑う。ジェイコブに惹かれている。

クイニー　このごちそう……めちゃくちゃおいしいよ。

ジェイコブ　俺も商売柄、料理はするけど、これは……

　　　　　こんなうまいもん、生まれて初めてだ！

クイニー　（声をあげて笑いながら）あなたって楽しい人！

　　　　　あたし、ノー・マジと話すのって、初めて。

ジェイコブ　ホント？

　　　　　クイニーとジェイコブはじっと見つめ合う。ニュートとティナは向かい合って座っているが、親し

気な二人のそばで、いごこち悪そうに黙っている。

クイニー　（ティナに）誘惑してないわ！

ティナ　（ばつが悪そうに）深入りするなって思っただけ。
　　　　どうせオブリビエイトしなくちゃならない人なんだから！
　　　　（ジェイコブに向かって）悪く思わないで。

ジェイコブは突然蒼白になり、また汗をかき始める。それでもクイニーにはよいところを見せよう
としている。

クイニー　（ジェイコブに）あらら、ねえ、大丈夫？

ニュートはさっと立ち上がり、椅子の後ろにぎこちなく立つ。

ニュート　ゴールドスタインさん、コワルスキーさんは早めに休んだほうがいい。
　　　　それに、あなたも僕も明日は早く起きて、ニフラーを捜しに行かなきゃ……

クイニー　（ティナに）ニフラーって何？

ティナは困った顔。

ティナ 聞かないで。
(奥の部屋に移動して) さあ、寝床はこっちよ。

シーン45 屋内 ゴールドスタインのアパート、寝室――夜

男二人はきちんと整えられたツインベッドに入りこむ。ニュートはかたくなにジェイコブに背を向けているが、ジェイコブはベッドに座って、魔法界の本を開き不思議そうに見ている。

模様入りのブルーのパジャマを着たティナが、遠慮がちにドアをノックして、ココアを乗せたお盆を持って入ってくる。マグが勝手に中身をかき混ぜている──ジェイコブはまたしても魅せられる。

ティナ　　　　あの……温かい飲み物、いかが？

ティナが慎重にジェイコブにマグを渡す。ニュートはそっぽを向いて眠ったふりをしている。ティナはすこしいらだって、ニュートのベッドサイドテーブルに、あてつけがましくココアを置く。

ニュートは動かない。

ジェイコブ　　スキャマンダーさん──

（ニュートがもう少し打ち解けるように促そうとして）ほら、ココアだよ！

ティナ　　　　（いらいらして）トイレは廊下の右よ。

ジェイコブ　　どうも……

ティナがドアを閉めるとき、ジェイコブは隣の部屋にいるクイニーをチラリと見る。地味とはいい

がたいガウンを着ている。

ジェイコブ　……ありがとう。

ドアが閉まるや否や、ニュートが飛び起きる。まだコートを着たままだ。カバンを床に置き、驚くジェイコブの目の前でカバンを開き、その中に入っていく。完全に姿が消える。

ジェイコブは驚いて小さく悲鳴をあげる。

カバンからニュートの手が出てきて、ジェイコブに命令するように手招きする。ジェイコブは目を見張る。状況を飲みこもうとして、ハアハアと呼吸が荒くなる。

ニュートの手が、急かすように再び現れる。

ニュート　（声のみ o.s.）来て！

ジェイコブは気をとりなおしてベッドを抜け出し、ニュートのカバンに足を入れる。しかし、腹の

ところでつっかえてしまい、必死でカバンに体を押しこもうとする。その勢いでカバンがぴょんぴょん跳ねる。

ジェイコブ　はー、まったく……

いらいらしながら最後にもう一度跳ねると、ジェイコブの体がカバンに入りこんで突然見えなくなり、カバンがパチンと閉じる。

ジェイコブはカバンの中の階段を転げ落ちる。落ちながら、道具、ボトルなどいろいろなものにぶつかる。

そこは小さな木の小屋で、簡易ベッドが置いてあり、壁には熱帯用の装具や道具が掛けてある。木の戸棚にはロープや網、採集用広口びんなど、机には旧式のタイプライター、原稿の山、中世の動物寓話集が一冊おいてある。棚には鉢植えの植物がずらりと並ぶ。薬箱には錠剤や注射器、小型のびんが並び、壁にはメモ、地図、スケッチ、驚異的な生き物の動く写真が何枚かピンでとめてある。かぎフックに干し肉が一塊引っかけられ、壁には餌の袋がいくつか立てかけられている。

シーン46 屋内 ニュートのカバンの中── その直後──夜

ニュート 　（ジェイコブをチラリと見て）座って。

ジェイコブは「ムーンカーフの餌」と手書きラベルのある木箱の上に腰を下ろす。

ジェイコブ　それがいいな。

ニュートがジェイコブの首の嚙み傷を調べる──一目見るだけ。

ニュート　ああ、やっぱりマートラップだ。
君は毒に弱いらしい。
君はマグルだから、僕らとは微妙に体質が違うんだ。

ニュートは作業台で、植物や様々なボトルの薬を使い、湿布剤を作るのに忙しい。できた湿布を手早くジェイコブの首に塗る。

ジェイコブ　うえー。

ニュート　じっとしてて。
さあ、これで汗もひくだろう。
（錠剤を何錠か渡しながら）このうちどれかがけいれんに効くはずだ。

ジェイコブは渡された薬を疑わしげに見るが、これ以上悪くなりようがないと覚悟を決めて、一度

に全部飲む。

　カメラをニュートに向ける。ベストを脱ぎ、蝶ネクタイを外し、サスペンダーを下げた姿になっている。肉切り包丁を手に、大きな生肉の塊をぶつ切りにしてバケツに投げ入れる。

ニュート　（ジェイコブにバケツを渡して）これを持って。

集する。

　ジェイコブは辟易した顔をするが、ニュートは気が付かない。とげだらけの繭に神経を集中させている。ニュートが繭をゆっくり絞ると、発光性の毒液が出てくる。ニュートはそれをガラス瓶に採

ニュート　（繭にむかって）もっともっと……

ジェイコブ　そいつぁ何だ？

ニュート　これ？　地元の人は、スウーピング・イーヴルって呼んでる。「空飛ぶ悪魔」だよ。物騒な名前だよね。動きが素速いんだ。

証明してみせるかのように、ニュートが繭をパシッとはじくと、繭がほどけて優雅に指にぶら下がる。

ニュート　研究の結果、こいつの毒は、適切に薄めれば薬になることが分かった。嫌な思い出を消してくれるんだ。

だしぬけに、ニュートがスウーピング・イーヴルをジェイコブに投げつける。繭がはじけて中から出てきた生き物——こうもりのようなとげとげしい色鮮やかな生き物——がジェイコブの顔に向かって吠える。ジェイコブが大仰に身を縮める。ニュートが生き物を呼び戻す。まちがいなく、ニュートのちょっとしたいたずらだ……

ニュート　（にやっと独り笑いしながら）だけど、ここで放し飼いはまずいよね。

ニュート　来て。

ニュートが小屋の戸を開けて出ていく。

いまや驚きっぱなしのジェイコブは、ニュートについて小屋の外に出る。

シーン47　屋内　ニュートのカバンの中、動物区域——日中

カバンの縁がぼんやり見えるが、中は小さな飛行機格納庫ほどの広さに拡張していて、ミニチュアのサファリ・パークのようなものが格納されている。どの生物にも、それぞれの完全な棲息地が魔法で作り上げられている。

この世界に足を踏み入れたジェイコブは、ただただ驚いている。

ニュートは一番手前の棲息地に立っている——アリゾナ砂漠の一部だ。ここには、見事なサンダー

バードのフランクがいる――大型のアホウドリのような鳥で、荘厳な翼には、雲と太陽を合わせたような模様がちらちらときらめいている。片方の足が擦りむけて血が出ている――鎖につながれていたに違いない。フランクが羽ばたくと、その棲息地全体に雷鳴と稲光を伴う豪雨が降る。ニュートは魔法の傘を創り出して、雨をしのぐ。

ニュート　（空高く飛ぶフランクに目を向けながら）おいで……降りといで……よーし……いい子だ。

フランクはだんだん落ち着いてきて、ニュートの前にある大きな岩の上に舞い降りる。すると雨はやみ、輝く暑い陽の光が降り注ぐ。

ニュートは杖をしまい、ポケットから地虫をひとつかみ取り出す。フランクは食い入るように見ている。

ニュートは空いているほうの手で愛情をこめてフランクをなで、落ち着かせる。

ニュート　ああ、たすかった、パラケルススさま。

お前が逃げてたら、とんでもないことになってただろう。

（ジェイコブに）実は、アメリカに来たのはこいつのためなんだ。

フランクをふるさとに帰すため。

目を見張っていたジェイコブが、そろそろと近づこうとする。するとフランクは興奮して羽ばたき始める。

ニュート

アリゾナの大自然の中に。

元の世界に帰してあげるからな、フランク。

見過ごせなくて……連れてきた。

エジプトでがんじがらめに鎖につながれてた。

（ジェイコブに）こいつは密輸されたんだ。

（フランクをなだめて）大丈夫——いい子だ。

（ジェイコブに）あ、近づかないで——フランクはちょっと人見知りだから。

望みと期待に顔を輝かせ、ニュートはフランクの首を抱きしめる。それからにやっと笑って地虫を空に放り投げる。フランクは地虫を追って雄大に舞い上がる。その翼から太陽の光が飛び散る。

ニュートは愛しそうに、そして誇らしげにその姿を眺める。それから向きを変え、両手を口にあて、別な区域に向かって獣の吠えるような声を出す。

ニュートが肉を入れたバケツをつかんで、ジェイコブのそばを通り過ぎる。ジェイコブはつまずきながらその後を追う。その頭の周りをドクシーが数匹、ぶんぶん飛び回る。ジェイコブがまごついてドクシーを払いのけようとする。その背後で、大きなフンコロガシが巨大な糞を転がしている。

ニュートがまた大声で吠えるのが聞こえる。ジェイコブが声のするほうに急ぐと、ニュートが月明かりに照らされた砂地に立っている。

ニュート　（そっと）ほーら来た。
ジェイコブ　何が来たって？
ニュート　グラップホーンだ。

大きな動物が突き進んでくるのが見える。グラップホーン——サーベルタイガーに似ているが、口にはぬるぬるした触手のようなものが生えている。ジェイコブは悲鳴をあげて退こうとするが、

ニュートがその腕をつかんで止める。

ニュート　待って。大丈夫、大丈夫だよ。

グラップホーンがニュートにより近づく。

ニュート　（グラップホーンをなでながら）やあ！　いい子だね。

グラップホーンのぬるぬるした奇妙な触手がニュートの肩に置かれ、ニュートを抱きしめているように見える。

ニュート　こいつら、世界で最後のつがいなんだ。僕が助け出さなかったら、グラップホーンはこの世から消えてた。

より若いグラップホーンが一頭、まっすぐにジェイコブに向かって走ってきて、手をなめはじめ、興味深げにジェイコブの周りを回る。ジェイコブは目を丸くしてそれを見下ろし、手を伸ばして頭をなでる。ニュートはそれを見て喜ぶ。

ニュート　　よーし。

　　ニュートが囲い地の中に肉を一切れ投げ入れると、若いグラップホーンがすぐにそれを追いかけて走り、たちまち食べてしまう。

ジェイコブ　それじゃ——あんた、こういう動物を助けてんの？

ニュート　　そうだよ。

　　　　助け出して、育てて、保護して、魔法使いの間でも徐々に理解を広めてる。

　　ニュートが次の棲息地に向かって短い階段を上がる。

　　鮮やかなピンクの鳥、フウーパーが飛び去り、宙ぶらりんになって小枝に止まる。

ニュート　　（ジェイコブに）ついて来て。

　　二人は竹林に入る。竹を掻き分けながら、ニュートが呼びかける。

ニュート　さあタイタス、フィン、ポピー、マーロウ、トム？

二人は明るい空き地に出てくる。ニュートはポケットからピケットを取り出して、手に止まらせる。

ジェイコブ　へぇ……

ニュート　（ジェイコブに）こいつは風邪引いたから、体温であっためてた。

二人は陽だまりにある小さな木に近づく。すると、木の葉の陰から、ぺちゃくちゃしゃべりながら、ボウトラックルの群れがどっと現れる。

ニュート　ニュートは腕を木のほうに伸ばし、ピケットに群れに戻るように促そうとする。ボウトラックルの群れは、ピケットを見ると騒がしくカチカチと早口でしゃべる。

ニュート　ほら　お行き。

ピケットは、頑固にニュートの腕を離れるのを拒む。

ニュート （ジェイコブに）ほらね、僕にベッタリの依存症なんだ。（ピケットに）さあ、ほらね、さあ、ピケット！ いいか、みんな君をいじめたりしないから……ほら、ほら、ピケット！

ピケットは細い両手をニュートの指一本に絡ませ、必死で木には戻るまいとする。ニュートもとうとう諦める。

ニュート まったく。そんなだから、僕がひいきしてるって責められるんだ……

ニュートはピケットを肩に乗せて引きかえそうとするが、大きな丸い巣が空っぽなのを見て、心配そうな顔をする。

ニュート あれドゥーガルがいない。

近くの巣から、ピーピー鳴く声が聞こえる。

ニュート　よーしよし。
　　　　　ほら、いい子だね。ママが来たよ――

ニュートが巣に手を入れ、オカミーの赤ん坊を一匹すくいあげる。

ニュート　はい、今行くよ……
ニュート　生まれたてのオカミーだ。
ジェイコブ　こいつらは知ってる。
ニュート　ああ――いい子だ、ちょっと顔を見せて。
ニュート　（ジェイコブに）君のオカミー？
ジェイコブ　え？　俺のオカミー？
ニュート　そう――
ジェイコブ　だっこする？

ニュートはオカミーをジェイコブに差し出す。

ジェイコブ　うわあ……そうだな、うん、じゃ……

　　　　　　よっしゃ……やあ。

オカミーが嚙みつこうとする。ジェイコブは後退りする。

ジェイコブは生まれたばかりのオカミーを優しく両手にとり、じっと見る。頭をなでようとすると、

ニュート　　あ、ごめん——なでないで。

　　　　　　そいつら防衛本能が強いんだ。

　　　　　　卵の殻が純銀だから、貴重でね。

ニュートは、巣の中のほかの赤ん坊に餌をやる。

ジェイコブ　そっか……

ニュート　　だから、よくハンターに巣を荒らされるんだ。

ニュートは、ジェイコブが生き物たちに興味を持ったのがうれしい。オカミーの赤ちゃんをひきと

り、巣に戻す。

ジェイコブ　ありがと。

ニュート　（しゃがれ声で）なあ、スキャマンダーさん？

ジェイコブ　ニュートでいいよ。

ニュート　ニュート……夢じゃないよな？

ジェイコブ　（ちょっと面白そうに）なんでそう思うんだい？

ニュート　俺のオツムじゃ、こんなの思いつかないもの。

ニュートは面白がり、得意に思う。

ジェイコブ　そこに入ってる餌を、ムーンカーフにやってくれるかな？

ニュート　ああ、いいよ。

ジェイコブは屈みこんで、餌のバケツを取り上げる。

ニュート　こっちだ……

ニュートは手近の手押し車をつかんで、カバン内の空間をさらに進む。

ニュート　（困ったように）あいつめ——やっぱりニフラーがいない。
　　まったく手がかかるヤツだ。
　　また金ぴかのものに釣られていったか。

ジェイコブがカバンの中を歩いていく。金の「木の葉」のようなものが、小さな木から落ちてくるのが見える。一塊になって、カメラのほうに動いてくる。それがドクシーや光り虫、グリンデローなどと一緒になって上昇し、空中を漂う。

カメラはパン・アップして、堂々たる動物の姿を捉える。ヌンドゥ——ライオンにそっくりで、ふさふさの鬣が吠えると逆立つ。大岩の上に誇らしげに立ち、月に向かって吠えている。ニュートはその足元に餌を撒き、次の目的地に進む。

ディリコール——丸々太った小さな鳥——が、ひな鳥たちを従えて、よちよちと手前を歩いている。

ジェイコブが草の茂った急な土手を上っていく間、ひな鳥がしょっちゅう、姿を現したりくらましたりする。

ジェイコブ （独り言）「今日は何してた、ジェイコブ？」
「カバンの中に入ってたよ」なーんて。

土手を上り切ったところに、月明かりに照らされた岩場があり、小さなムーンカーフたちが群れている――内気な動物で、大きな目が顔全体を占めている。

ジェイコブ やあ、おちびちゃんたち――
よーし、よしよし。

ムーンカーフの群れが岩の上を飛び跳ねながらジェイコブに近づいてくる。あっという間に、ジェイコブは、餌をねだる人懐こい動物に取り囲まれてしまう。

ジェイコブ 慌てないで――慌てないで。

餌を投げると、ムーンカーフが喜んで飛びつく。ジェイコブは見るからに気分がよさそうだ――心から楽しんでいる……

カメラをニュートに向ける。今度はエイリアンのような触手が生えかけた、光る動物をあやしている。ボトルで何かを飲ませながら、ジェイコブがムーンカーフを扱う様子を注意深く見ている――気心が通じるのを感じる。

ジェイコブ　（ムーンカーフに餌を与え続けながら）かわいいな。
　　　　　　　ほーらほら。

近くでヒヤリとするような叫び声が響く。

ジェイコブ　（ニュートに）あの音が聞こえたか？

しかしニュートの姿はない。ジェイコブが振り向くと、カーテンがひらひらと開き、その裏に雪景色が広がっている。

カメラは宙に浮かぶ油っこい小さな黒い塊に近づく――オブスキュラスだ。ジェイコブは不思議に思い、よく見ようと雪景色のほうに入っていく。黒い塊は渦巻き、不穏な落ち着かないエネルギーを発し続ける。ジェイコブは触れようと手を伸ばす。

ニュート　（声のみ o.s.　鋭く）下がって！

ジェイコブが跳びあがる。

ジェイコブ　いったい……
ニュート　下がってて……
ジェイコブ　これ何なんだ？
ニュート　いいから、下がってて。
ジェイコブ　いったい何なんだよ？
ニュート　「オブスキュラス」だ。

ジェイコブがニュートを見ると、一瞬なにか悪い思い出にとらわれている。冷たく事務的な口調。カバンの中で楽し気に遊ぶ雰囲気はもうない。ニュートは突然背を向けて小屋に向かう。

ニュート　　さあもう行こう。

　　　　　　逃げた子たちの身に何か起こらないうちに見つけないと。

二人は別の森に入る。ニュートは使命感に満ちて先を急いでいる。

ニュート　　そうなんだ、コワルスキーさん。

ジェイコブ　子どもたちって、ほかにも逃げたのか？

　　　　　　見知らぬ土地で、何百万という、地球上で最も恐ろしい生き物に囲まれてる。

――間

ニュート　　人間だよ。

ニュートがもう一度立ち止まって、大きなサバンナの囲い地を見つめる。空っぽだ。

ニュート　　ところで、どこを捜せばいいかな？

ジェイコブ 　中くらいの動物で、広い原っぱとか——木とか——水たまりが好きなやつが隠れるとしたらどこだろう？
ニュート 　ニューヨークでか？
ジェイコブ 　ああ。
ニュート 　原っぱ？
ジェイコブ 　あんた知らないのか？
ニュート 　それはどこにあるの？
ジェイコブ 　あ、セントラルパークとか？

ジェイコブはいったいそんなところあるか、と考えながら肩をすくめる。

——間

ジェイコブ 　いいよ。案内してやるよ。でも……裏切ることにならないか？

ニュート　　　あの女たち、せっかく泊めてくれたのに……　具合がよくなったって分かったら、あの二人にすぐ「オブリビエイト」されるよ。

ジェイコブ　　「ブリビエイト」って?

ニュート　　　夢から覚めるみたいなものだよ。

ジェイコブ　　魔法に関する記憶がきれいさっぱり消える。

ニュート　　　じゃ……これ、全部忘れちゃうのか?

ジェイコブ　　ジェイコブはあたりを見回す。すばらしい世界だ。

ニュート　　　ああ。

ジェイコブ　　分かったよ——オーケー——あんたを手伝うよ。

ニュート　　　(バケツを取り上げて) よし、行こう。

シーン48 屋外／屋内 新セーレム救世軍教会の外の通り――夜

クリーデンスが教会に向かって歩いている。前よりも安らいだ顔。グレイブスに会ったことが慰めになっている。

クリーデンスがゆっくりと教会に入って、そっと二重扉（とびら）を閉める。

チャスティティが台所で食器を拭（ふ）いている。

メアリー・ルーが階段（かいだん）の薄暗（うすぐら）がりに腰掛（こしか）けている。クリーデンスはそれを感じて立ち止まる。おびえた表情（ひょうじょう）。

メアリー・ルー　クリーデンス――どこに行ってたの？

クリーデンス　僕（ぼく）……明日の集会の場所をさがしに。32丁目の角に広場があって――

クリーデンスは階段下まで来て、メアリー・ルーの厳しい顔を見て黙りこむ。

クリーデンス　母さん、ごめんなさい。こんなに遅いって、気がつかなくて。

クリーデンスは自動操縦されているようにベルトを外す。メアリー・ルーが立ち上がって手を伸ばし、ベルトを取り、黙って階段を上がる。クリーデンスはおとなしくついていく。

モデスティが階段下に来て、恐怖と動揺の表情で二人の後ろ姿を見ている。

シーン49　屋外　セントラルパーク――夜

セントラルパークの真ん中に大きな凍った池。子どもたちがスケートしている。男の子が転ぶ。女の子が助けに来て、手を取る。

二人が立ち上がろうとしているときに、氷の下に光が見える。低いゴロゴロという音が響く。子どもたちは足元の氷の下を、光る獣がするすると遠のいていくのを見つめる。

シーン50　屋外　ダイヤモンド街——夜

ニュートとジェイコブが人気のない通りをセントラルパークへと歩いている。周りの店には、高価な宝飾品、ダイヤ、貴石が並んでいる。ニュートはカバンを下げ、小さな生き物が動く気配がないかと目を凝らしている。

ニュート　夕食の時、見てて思ったんだけど。

ジェイコブ　うん。

ニュート　コワルスキーさん、君、みんなに好かれるだろう?

ジェイコブ　(びっくりして)あぁ——でも——

ニュート　それを言うなら、あんただってきっとそうだ——だろ?

ジェイコブ　(無頓着に)いや、そうでもない。僕は人をいらつかせる。

ニュート　(なんと言っていいかわからない)はあ。

ニュートはどうやら、ジェイコブのことをとても面白いと思っている。

ニュート　　なぜパン屋を開こうと思った？

ジェイコブ　うーん——なんでって……
　　　　　　きついんだよ——缶詰工場の仕事。
　　　　　　（ニュートの視線に気付いて）仲間もみんな働きづめでさ、人生なんてあったもん

ジェイコブ　だからパンでみんなを幸せにしたいのさ。
　　　　　　おっとこっちだ。

ニュート　　缶詰好きか？

ジェイコブ　いや。

ニュート　　そっか、俺もだ。

ジェイコブ　じゃない。

　　　　　　ジェイコブが右に曲がる。ニュートも後に続く。

ニュート　　銀行の融資はもらえた？

ジェイコブ　あ、ダメ——担保がなくてね。
　　　　　　軍隊暮らしが長すぎたのかな——どうかな。

ニュート　　え？　戦争に行ったの？

ジェイコブ　当然だろ。みんな行ったさ——あんたは行ってないのか？

ニュート　ドラゴンと戦ったよ。ウクライナ・アイアンベリー種——東部戦線でね。

ニュートが突然立ち止まる。車のボンネットの上に、キラキラした小さなイヤリングがあるのに気付いたのだ。視線を下に向ける。歩道の上にダイヤモンドが点々と散らばり、一軒のダイヤモンド店のショーウィンドーに続いている。

ニュートはこっそりとダイヤの跡をたどって、何軒かの店のショーウィンドーの前を注意深く進む。そしてゆっくりと忍び足で後戻りする。

ふと何かが目に入り、ニュートははたと止まる。店のショーウィンドーにニフラーが立っている。身を隠すのに、宝石を掛けるスタンドのふりをして、小さな腕を伸ばし、そこにダイヤモンドをびっしりと掛けている。

ニュートは、まさかという目でニフラーを見つめる。ニュートの視線を感じて、ニフラーがゆっく

り顔を向ける。二人の目が合う。

———間

突然ニフラーが逃げだす。店の奥へ、ニュートから離れるように走りこむ。ニュートがさっと杖を取り出す。

ニュート　フェネストラ！

ショーウィンドーのガラスが割れ、中に飛びこんだニュートは、引き出しや戸棚をひっかきまわして、必死でニフラーを見つけようとする。ジェイコブはあっけに取られて通りからそれを見ている。知らない人が見れば、ニュートはダイヤモンド店強盗に見えるだろう。

ニフラーが現れてニュートの肩を飛び越え、捕まらないようにもっと高く、遠くへ逃げようとする。ニュートはニフラーを追って机に飛び乗るが、ニフラーは今度はクリスタルのシャンデリアに乗って揺れている。

ニュートは手を伸ばして捕まえようとするが、つまずいてニフラーもろともシャンデリアにぶら下がってしまう。シャンデリアが激しくくるくる回る。

ジェイコブは、誰かが店の騒ぎを聞きつけはしないかと、びくびくしながら通りを見回す。

とうとうシャンデリアが床に落ちて砕ける。ニフラーはすぐさま逃亡を続け、宝石の詰まった箱を次々によじ登る。ニュートがそれを激しく追い詰めていく。

ニュートのカバンの留め金が片方開き、中から吠え声が聞こえる。ジェイコブはこわごわカバンのほうを見る。

ニフラーとニュートの追いかけっこは続く。とうとう重さを支えきれない宝石箱が二人を乗せたまま倒れて店の窓にぶつかり、二人とも息をつめて様子をうかがう……

ジェイコブは深く息を吸って、ゆっくりカバンに近づき、留め金を掛けようとする。

ニュートは、そのひびが窓ガラス全体に広がり、窓が破裂する

突然窓ガラスにひびが入り始める。ニュートは、そのひびが窓ガラス全体に広がり、窓が破裂する

のを見ている。割れた窓ガラスが歩道に散らばる——ニュートとニフラーは地面に叩きつけられる。

ニフラーはほんの一瞬動けなかったが、すぐさま通りを走り出す。ニュートは急いで気をとりなおし、杖を取り出す。

ニュート　スローモーション。　アクシオ！

ニフラーが後ろ向きで、ゆっくりとニュートのほうに飛んでいく。飛びながら、ニフラーは横を見て、これまでにない最高に豪華なショーウィンドーを見つける。ニフラーの目が大きく見開かれる。ニュートとジェイコブのほうに飛ぶ途中、おなかの袋から宝飾品をぼろぼろ落とす。ニュートとジェイコブは、落ちてくる宝石をかわしながらニフラーに向かって走る。

街灯のそばを飛び過ぎるとき、ニフラーは片腕を伸ばして街灯をつかみ、くるりと回って方向転換し、ニュートが呼び寄せた方向から逸れて、その豪華なショーウィンドーに向かって飛び続ける。ニュートは、そのウィンドーに呪文を飛ばして、ウィンドーをねばねばしたゼリー状にする。ニフラーはとうとうねばねばに捕まる。

ニュート　（ニフラーに）どうだ、満足か？

宝石だらけになったニュートが、ニフラーをウィンドーから引っ張り出す。

パトカーのサイレンが聞こえる。

ニュート　一匹捕獲、あと二匹！

パトカーが数台、大急ぎでやってくる。

ニュートはもう一度ニフラーを振って、ポケットからダイヤを全部出させる。

パトカーが止まり、警官が走り出てきて、ニュートとジェイコブに銃を向ける。ジェイコブも宝石だらけで、あきらめて両手を挙げる。

ジェイコブ　やつらはあっちへ逃げましたよ……

銃を持つ警官①　手を、挙げろ！

ニュートのコートに押しこまれたニフラーが小さな鼻を突き出してキーキー鳴く。

銃を持つ警官②　あれはいったい何なんだ？

さっと左を見たジェイコブの顔が恐怖にひきつる。

ジェイコブ　（ほとんど言葉がでない）ラ、ライオン……

間。　警官たちはいっせいに目と銃を通りの反対側に向ける。

事情がのみこめないニュートも、その方向を見る……ライオンが一頭、のっしのっしとこちらに向かってくる。

ニュート　（落ち着いて）　ふーむ、ニューヨークって、思ってたよりもずっと面白いところだね。

警官が振り返る前に、ニュートはジェイコブをつかんで「姿くらまし」する。

シーン51 屋外 セントラルパーク──夜

ニュートとジェイコブは、霜に覆われた公園の中を急いでいる。

橋を渡る時、全速力で脱走中のダチョウに突き飛ばされそうになる。

遠くでゴロゴロという大きな音がする。

ニュートはポケットからヘルメットを引っ張り出し、ジェイコブに渡す。

ニュート　これかぶって。
ジェイコブ　え……なんでこんなモンかぶるんだ？
ニュート　大きな衝撃を受けたら、君の頭蓋骨はひとたまりもないから。ジェイコブは恐怖に駆られて、ヘルメットを着けるなり、ニュートのあとを追って走る。

ニュートは走り続ける。

シーン52　屋外　ゴールドスタインのアパート——夜

ティナとクイニーが寝室の窓から首を伸ばして、暗い屋外をのぞいている。冬の夜空に、またして

も獣の咆哮が響く。近所の窓もいくつか開き、眠そうな顔が市街を見つめている。

シーン53 屋内 ゴールドスタインのアパート――夜

ティナとクイニーはジェイコブとニュートが寝ているはずの寝室に飛びこむ。二人の男は跡形もなく消えている。ティナはかんかんになって、服を着替えるのに部屋を出ていく。クイニーは傷ついたような顔。

クイニー　ココア作ってあげたのに……

シーン54　屋外　セントラルパーク動物園──夜

ニュートとジェイコブは、今や半分空っぽになった動物園に駆けこむ。外壁があちこち壊され、入口には大きな瓦礫の山ができている。

また、とどろくような咆哮がレンガ造りの建物にこだまする。ニュートはプロテクターを取り出す。

ニュート　よし。
　　　　　　ほら、これあげるから。
　　　　　　着てて。

ニュートはジェイコブの後ろに立ち、プロテクターの胸当てを着せてひもをむすぶ。

ジェイコブ　分かった。
ニュート　大丈夫、何にも心配することないからね。

ジェイコブ　あのなあ、あんたにそう言われて、信じたやつ、いるのか？

ニュート　どうせ苦しむなら、心配するだけむだだ。僕の哲学だよ。

ジェイコブはニュートの「哲学」をかみしめる。

ニュートはカバンを取り上げ、ジェイコブは瓦礫につまずきながら後に続く。

二人は動物園の入口に立つ。中から荒々しい鼻息が聞こえる。

ニュート　「さかり」の時期だ。
雄の相手を探してる。

エルンペントにカメラを向ける——大型の丸々としたサイのような生き物で、額から巨大な角が突き出している。檻の中で怯えきっている雄のカバ（自分はそのカバの五倍の大きさ）に檻の外からすり寄ろうとしている。

ニュートは液体の入った小さなガラス瓶を取り出す——口で栓を抜いて脇に吐き出し、両手首にほ

んの少し液体をこすりつける。ジェイコブがニュートを見る——強烈な刺激臭がする。

ニュート　　エルンペント用のムスク香だ——このにおいでメロメロになる。

ニュートはジェイコブに栓を抜いた瓶を渡し、動物園に入っていく。

> タイムカット

ニュートはエルンペントのそばの地面にカバンを置き、ゆっくりと、誘うように蓋を開ける。

ニュートが「求愛の踊り」を始める——唸ったり呻いたり、腰を振ったり転がったり——エルンペントの気を引こうとする。

エルンペントはまるで子犬のように従順になる。角がゆらしながらお互いに円を描くように回りこむ。エルンペントがついにカバから離れる——ニュートに関心を持つ。両者は向き合って、奇妙に体をがオレンジ色に光っている。

ニュートが地面に転がる——エルンペントもまねをして、カバンに近づいてくる。

ニュート　　いい子だ——さあおいで——カバンにお入り。

ジェイコブはムスクの匂いを嗅いでみる。そのとき、宙を飛んできた魚がぶつかり、ジェイコブはぐらついてムスクをこぼす。

風向きが変わる。木の葉が音を立てる。エルンペントが深々と息を吸う——ジェイコブから漂ってくるもっと強烈な香りを嗅ぎつける。

ジェイコブがあたりを見回すと、背後に申し訳なさそうな顔のオットセイがいて、悪戯っぽく逃げていく。

ジェイコブが振り向くと、今度は立ち上がって自分を見つめているエルンペントが目に入る。

カメラをまずニュートに、次にジェイコブに向ける。二人とも何が起ころうとしているかに気付く。

カメラをシーンに戻す

エルンペントが狂ったように唸りながら、匂いの元に突進する。ジェイコブは悲鳴をあげて、全速力で逃げる。エルンペントが追いかける──瓦礫の山や凍った池を突き抜け、雪に覆われた公園に突入する。

ニュートが杖を取り出して──

ニュート　レパ（ロ）……

呪文を掛け終わらないうちに、ヒヒがその手からさっと杖をもぎ取り、戦利品を手に逃げ去る。

ニュート　　なんてこった！

ジェイコブにカメラ。死に物狂いで走っていく。エルンペントがすぐ後ろに迫っている。

ニュートにカメラ。興味深げに杖を調べているヒヒと向き合っている最中。

ニュートは手近な木から小枝を折ってヒヒのほうに突き出し、なんとか取り換えようとしている。

ニュート　ほら、こっちにしない？同じだよ……

カメラをジェイコブに戻す。

木に登ろうとして、ジェイコブは、枝から逆さまにぶら下がってしまう。今にも落ちそうだ。

ジェイコブ　（怖くて大声で呼ぶ）ニュート！

エルンペントがジェイコブの下で、仰向けに転がり、誘うように足をごにょごにょ動かしている。

カメラをニュートに戻す――ヒヒがニュートの杖を振る。

ニュート　あ、あ、あ、よせ！

ニュートは心配そうな表情——バーン——杖が「発砲」する。呪文でヒヒがあおむけにひっくり返る。杖は飛んでニュートの手に戻る。

ニュート　　ごめんね——

カメラはジェイコブに——エルンペントが今度は立ち上がって木に突進し、角が幹に深々と突き刺さる。光る液体で幹が泡立ち、やがて爆発して木が倒れる。

投げ飛ばされたジェイコブは、雪に覆われた急な坂をごろごろ転がって、下の凍った池に落ちる。エルンペントはその後を追いかけ、坂を飛んで池に落ち、続いて氷で滑る。全速力で丘を駆け下りてきたニュートも氷の池に落ちる。カバンを開けたまま、ニュートがみごとなスライディングを見せる——エルンペントがあわやジェイコブを、という瞬間、カバンに吸いこまれる。

ニュート　　お見事！　コワルスキーさん！

ジェイコブが手を出して握手しようとする。

ジェイコブ　ジェイコブでいいよ。

二人は握手する。

カメラは第三者の主観ショット。ニュートがジェイコブを助け起こし、凍った池をつるつる滑りながらも急いで渡る様子を映す。

ニュート　さて、二匹捕獲、あと一匹。

カメラはティナに固定。二人の上の橋に隠れて、下を覗き見ている。

ニュート　（声のみ v.s. ジェイコブに）入って。

カバンだけが橋の下に置かれている。

ティナが隠れていた場所からすぐに出てきて、急いでカバンに腰掛け、留め金を掛ける。ショックを受けてはいるが、決然とした表情。

司会者　　（声のみ　v.o.）ご来場の皆様、今夜……

シーン55　屋内　市庁舎――夜

みごとな装飾のある大きな広間。愛国的な紋章で覆われている。いくつもの円卓を囲んで、豪華に着飾った人々が座り、広間の奥のステージを見ている。ステージの上から、ショー上院議員の特大ポスターが下がり、「アメリカの未来」というスローガンが書かれている。

司会者がマイクの後ろに立っている。

司会者　……今夜、スピーチをしてくださる方は、ご紹介するまでもないでしょう。未来の大統領との呼び声も高い──信じられないなら、そう書いてありますよ、お父さんの新聞にね──

聴衆は寛容な笑い声をあげる。ショー・シニアとラングドンのテーブルには、ニューヨーク社交界のそうそうたる名士や貴婦人がずらりとそろっている。

司会者　お待たせしました。ニューヨーク州上院議員、ヘンリー・ショー！

割れるような拍手。ショー上院議員が弾む足取りで進み出る。拍手に応え、聴衆の中の顔見知りを指さしてウィンクしながら、ステージの階段を上る。

シーン56　屋外　暗い通り——夜

何物かが通りを走り過ぎていく。人間にしては大きすぎ、早すぎる。得体のしれない苦し気な息遣い、唸り声——ヒトではなく獣のようだ。

シーン57　屋外　市庁舎に近い通り——夜

ティナがトランクを抱えて急いでいる。周りの街灯が消え始める。ティナは暗がりを通り過ぎる何物かの気配を感じて立ち止まる——振り向いて目を凝らす。怖い。

シーン58　屋内　市庁舎──夜

ショー議員　……確かに我々は、ある程度の進歩を遂げました。しかし立ち止まっては、意味がありません。法律により汚らわしい酒場の営業は、禁止となりましたが……

広間の後方にあるパイプオルガンから、不気味な、不安を掻き立てる音が聞こえる。全員が振り返り、ショー議員もスピーチを一瞬中断する。

ショー議員　……そして今や、ビリヤード場や、

サロンのたぐいも……

不気味な音が大きくなる。

聴衆がまた振り返る。ショー議員は不安げな顔になり、聴衆がざわつく。

突然オルガンの下から何かが飛び出す。目には見えないが、巨大な獣のようなものが広間に覆いかぶさる──テーブルは飛び、人々が吹き飛ばされ、電灯が砕ける。不気味な物体がステージに向かって道を切り分けるように進む様を見て、人々が悲鳴をあげる。

ショー上院議員が吹き飛ばされ、自分自身のポスターにぶつかる。体が持ち上げられ、一瞬高々と宙に浮いたかと思うと、激しく床にたたきつけられる──死んでいる。

「獣」はポスターをビリビリに裂く──耳障りな激しく荒々しい息を吐きながら、狂ったように切り裂く──そして、出てきた場所へと煙が引くように戻っていく。

聴衆が混乱し、苦しげな声をあげる中、ショー・シニアが瓦礫を掻き分けて息子に近づく。亡骸は

傷だらけで、血を流している。

ショー議員の亡骸にカメラ。顔が無残に傷ついている。息子の傍らに呆然と膝をつくショー・シニア。

ラングドンにカメラ。立ち上がってはいるが、やや酔っている。きっぱりと、おそらく勝ち誇って叫ぶ。

ラングドン　　魔女だ！

シーン59　屋内　マクーザのロビー──夜

「魔法暴露警報ダイヤル」にフォーカス。針は「深刻」から「緊急」に移っている。

カバンを手にしたティナが、魔法使いたちがあちこちに固まって、心配そうにひそひそ話をしている中を通り過ぎ、ロビーの階段を駆け上がる。

ハインリヒ・エバスタッド　（声のみ　v.o.）アメリカは機密保持法違反を見逃した……

シーン60　屋内　五芒星型の会議室——夜

昔の議会の議場のような形をした壮大なホール。世界中からの魔法使いが集まっている。ピッカリー議長が、グレイブスを脇に従えて会議を取り仕切っている。

スイス代表が発言。

ピッカリー議長　ゲラート・グリンデルバルドを捕まえ損ねている方に言われたくありませんね——

ハインリヒ・エバスタッド　……お陰で我々全員の存在が暴露されかねない。

ショー上院議員のねじれた亡骸のホログラムが、光を放ちながらホールに高々と浮かぶ。

ティナが会議室に駆けこんでくる。一同がいっせいに振り向く。

ティナ　ピッカリー議長、失礼します。重大なお知らせが——

刺すような沈黙。急いで入ってきたティナは、大理石の床の真ん中で立ち往生し、その部屋で何が行われているかに気付く。各国代表がティナを見つめる。

ピッカリー議長　会議に割って入るほど重要なのでしょうね？　ミス・ゴールドスタイン。

ティナ　はい――そうです。

（議長に話しかけるために進み出て）議長、昨日ニューヨークに上陸した魔法使いが、このカバンに魔法動物を入れており、しかも――残念ながら――何匹かを逃してしまったのです。

ピッカリー議長　昨日到着したのですか？

ティナ　無登録の魔法使いが、町なかに魔法動物を放ったことを、24時間前から知っていながら、死人が出た今になってやっと報告ですか？

ピッカリー議長　……死人が出た？　その魔法使いはどこですか？

ティナはカバンを床に横に置き、蓋をノックする。すると カバンがキーッと開き、最初にニュートが、続いてジェイコブが現れる。周りを見て二人ともとまどう。

イギリス代表　スキャマンダー？

ニュート　（カバンを閉じながら）あぁ——どうも大臣。

モモル・ウォトルソン　テセウス・スキャマンダーか？　あの戦争の英雄の？

イギリス代表　いや　彼はその弟だよ。

ニュート　いったいぜんたい、どういうわけでニューヨークにいるのかね？

イギリス代表　アパルーサ・パフスケインを買いに来ました。

ピッカリー議長　（疑っている）なるほど……

ティナ　本当は何しに来た？

ニュート　（ティナに。ジェイコブを示して）こちらはジェイコブ・コワルスキー、ノー・マジです。スキャマンダーさんが逃がした動物に嚙まれてしまって……

イギリス代表　ジェイコブ・コワルスキー、ノー・マジ——もう一人は？

大臣たち　マクーザの職員と世界中の代表から憤慨した声があがる。

（ささやき合う）ノー・マジだって？　オブリビエイトしたのか？

ニュートはホールを漂うショー議員のイメージにすっかり気を取られている。

ニュート　　ご覧ください。あの印が何よりの証拠だ……

　　　　　　ニュートにカメラ。

　　　　　　ショー議員の顔にカメラ。

ニュート　　いえ……動物の仕業じゃない……お分かりのはずです！

マダム・ヤ・ジョウ　あなたのどの動物の仕業かおわかりでしょうね？　スキャマンダーさん。

ニュート　　なんてことに！

ニュート　　オブスキュラスの仕業です。

　　　　　　議場が騒然となり、皆が口々に驚きの声をあげる。グレイブスは緊張した面持ち。

ピッカリー議長　スキャマンダーさん、滅多なことを言わないように。アメリカにオブスキュラスを生む者はいません。グレイブス！　カバンを押収しなさい。

グレイブスがカバンを「呼び寄せ」する。カバンがグレイブスの脇に飛ぶ。ニュートが杖を取り出す。

ピッカリー議長　（グレイブスに）待ってください！　返して！

ニュート　全員逮捕しなさい！

まばゆい呪文がいくつも、ニュート、ティナ、ジェイコブを撃ち、三人はひざまずかせられる。ニュートの杖が手を離れて飛び、グレイブスに取られる。

グレイブスが立ち上がってカバンを持つ。

ピッカリー議長　（魔法で拘束されている）どうか——やめて——動物たちを傷つけないで——誤解です！——カバンの中には危険なものなんて何もいません——本当です！

ニュート　我々が判断します！

　　　（三人の後ろに立っている闇祓いたちに向かって）牢屋に入れなさい！

ティナを見るグレイブスにカメラ。ティナ、ニュート、ジェイコブが引っ張られていく。

ニュート　（必死に叫ぶ）動物たちを傷つけないでください——カバンの中には危険な動物なんかいません！
どうか、その子たちを傷つけないで——危険じゃありません……お願いです。
危険じゃないんだ！

シーン61　屋内　マクーザの牢獄——日中

ニュート、ティナ、ジェイコブが座りこんでいる。ニュートは、動物たちのことで絶望し、両手に顔を埋めている。やがてティナが涙目で沈黙を破る。

ティナ　　スキャマンダーさん、動物たちのこと、ごめんなさい。

本当に。

ニュートは黙ったままだ。

ジェイコブ　（小声で s.v. ティナに）誰か説明してくれない？

そのオブスキュ何とかって、いったい何なんだ？

ティナ　　（同じく小声で s.v.）ここ何世紀も現れなかったわ——

ニュート　三か月前スーダンで一人見つけた。

ティナ　　昔はもっといたそうだ。

でも、今も存在してる。

魔法使いがまだ身を潜めず、マグルに狩り立てられていた時代、迫害を避けるため、自分の能力を抑えつけようとする幼い魔法使いたちがいた。

自分の力を制御する方法を学ぶことができず、かわりに「オブスキュラス」というものを生み出したんだ。

ティナ　　（ジェイコブが混乱しているのに気付いて）コントロールがきかない闇の力よ。爆

発して——攻撃して……そして消え去る……

キュラスなら、何もかも腑に落ちる。

ティナは、話しながら初めてすべてを悟っていく。ニューヨークを荒らしまわった犯人がオブス

ニュート　（ニュートに）オブスキュラスを生む者は、長くは生きられないんでしょう？
　　　　　　オブスキュラスを生む者が10歳より長生きした記録はない。
　　　　　　僕がアフリカで会った女の子は……たった8歳で死んでしまった。

ティナ　じゃ、ショー議員を殺したのは、そんな年端もいかない……子ども？

ニュートの顔に、「そうだ」と書かれている。

シーン62 屋内　新セーレム救世軍教会、メイン・ホール——日中——モンタージュ

モデスティが長テーブルに近づく。大勢の孤児がむさぼるように食事をしている。

モデスティ　　（遊び歌を続ける）

　　　　　……♪マ〜マとおばさん　空を飛ぶ
　　　　　魔〜女は涙を流さない
　　　　　マ〜マとおばさん　魔女退治！

モデスティはテーブルから、子どもたちの持っているビラを何枚か集める。

　　　　　魔女1号、おぼれ死に！
　　　　　魔女2号、首吊った！
　　　　　魔女3号……

タイムカット

食事を終えた子どもたちは、ビラを持ってテーブルを離れ、扉に向かう。

チャスティティ（子どもたちの背後から呼びかけ）ビラをちゃんと配ってね！捨てたら分かるわよ。何か怪しいものを見たら知らせて。

クリーデンスにズームする——皿を洗いながら、子どもたちをじっと観察している。

モデスティが教会から出ていく最後の子どもの後についていく。

シーン63　屋外　新セーレム救世軍教会——日中

モデスティが、人通りの多い道の真ん中に立っている。ビラを空中高く放り投げ、自分の周りに落ちてくるのを、いかにも嬉しそうに見ている。

シーン64　屋内　マクーザの監獄／廊下(ろうか)——日中

白い上着を着た二人の死刑執行人(けいしっこうにん)が、手かせを掛(か)けられたニュートとティナを牢獄(ろうごく)から出し、暗い地下の廊下(ろうか)を連行していく。

ニュート　（振り返って）知り合えてよかったよ、ジェイコブ。パンの店、持てるといいね。

ジェイコブにカメラ。取り残されて怯えながら、牢獄の鉄格子につかまっている。心細そうにニュートに手を振る。

シーン65　屋内　尋問室――日中

殺風景な小部屋。壁は黒く、窓がない。

グレイブスが尋問用のデスクにつき、書類を前にしてニュートと向き合っている。ニュートは、ま

ぶしい光が目に入り、目を細めて前を見ている。

ティナは二人の死刑執行人に挟まれて、その後ろに立っている。

ティナ　（進み出て）グレイブス長官――

グレイブス　君は興味深い男だな、スキャマンダー君。

グレイブスが唇に指を一本あてる。ティナに黙れというサインだ。そのしぐさは、いたわるように見えて実は上から押さえつけている。ティナは卑屈に従う――言われた通り、薄暗がりに引き下がる。

グレイブスはデスクの書類を調べる。

グレイブス　ホグワーツ時代、人命を危険にさらし、退校処分になった――
ニュート　あれは事故です。
グレイブス　――その原因は獣だった。
　　　　　　　だが一人の教師が、君の退学処分に強硬に反対した。
　　　　　　　アルバス・ダンブルドアは、なぜそんなに君を気に入っていたんだね？

ニュート　僕には分かりません。では、この町に危険な動物たちを放ったのも、またもやただの事故だというのか？

グレイブス　わざとやる理由がないでしょう？

ニュート　魔法の存在を暴露し、魔法界と人間界との戦争を煽るためとか。

グレイブス　大いなる善のために大勢を殺すとでも？

ニュート　そうだ。その通り。

グレイブス　グレイブス長官、僕はグリンデルバルドの信奉者ではありません。

　グレイブスの表情がわずかに変わったのを見れば、ニュートのことばが痛いところを衝いたのがわかる。グレイブスは脅迫的な態度を強める。

グレイブス　スキャマンダー君、これはどう説明するつもりかね？

　ゆっくりと杖を動かし、グレイブスはニュートのカバンからオブスキュラスを引き出して机の上に乗せる——物体は脈打ち、渦巻き、シューシューと音を立てる。

カメラは、信じられないという顔で目を見張るティナにズームする。

グレイブスがオブスキュラスに手を伸ばす――すっかり魅せられている様子。急に近づかれたオブスキュラスは、回転が速くなり、泡立ち、縮こまって後退りする。

ニュートは反射的にティナを見る。なぜなのか自分にもよくわからないが、ニュートはティナにこそ納得してもらいたいのだ。

ニュート　　　これはオブスキュラスだ――

（ティナの視線を感じながら）でも、あなたの考えているようなものじゃない。スーダンの女の子を助けようとして引きはがしたんだ――研究のため持ち帰りたかった――

（ティナのショックに気付いて）でもカバンの外に出したら生きられない。

ティナ！　だから害はないんだよ。宿主なしでは役立たずだ。

グレイブス　　役立たず？　役立たずですって……？

ニュート　　　そいつは、まだ幼い子どもに寄生して、魔力でその命を奪ったんですよ。

「いったい何に役立つって言うんですか?」

ニュートはとうとう怒りを抑えきれなくなり、グレイブスをにらみつける。ティナも、不穏な空気を感じ取って、グレイブスを見ている——不安そうな怯えた表情。

グレイブスは質問を無視して立ち上がり、ふたたび非難の矛先をニュートに向ける。

グレイブス 「しらばっくれてもムダだぞ。君がニューヨークにオブスキュラスを持ちこんだのは、大混乱を起こし、国際機密保持法を破って魔法界の存在をあらわにするためだろう——それ自体は危険なものではありません。ご存知のはずでしょう!」

ニュート 「——魔法界に対する裏切り行為だ。よって君を死刑に処す。」

グレイブス 「ミス・ゴールドスタインも共謀罪で……」

ニュート 「違う。彼女は何もしてない——」

グレイブス 「——彼女も同じく死刑に処す。」

二人の死刑執行人が進み出る。執行人は静かに、しかしニュートとティナにははっきり感じ取れるように強く、二人の首に杖を突きつける。

ティナはショックと恐怖で口もきけない。

グレイブス　（死刑執行人に）すみやかに執行しろ。ピッカリー議長には私から報告しておく。

ニュート　　ティナ。

グレイブス　グレイブスはまた指を唇に当てる。

　　　　　　シー。
　　　　　　（死刑執行人に向かって手を振りながら）行け。

シーン66 屋内 みすぼらしい地下の会議室──日中

クイニーがコーヒーポットとカップを乗せたお盆を会議室に運んでいく。

突然クイニーが立ち止まる。目を見開き、恐怖の表情。お盆を落とす──コーヒーカップが床に落ちて壊れる。

マクーザの雑多な下級役人たちが、振り向いてクイニーをにらむ。クイニーは呆然自失の状態で見つめ返す。それから廊下を駆けだす。

シーン67 屋内 死刑執行室に続く廊下——日中

黒い金属の長い廊下が、真っ白な部屋に続いている。部屋には四角いプールがあり、中で液体が波打っている。その上に魔法で浮かぶ椅子が一脚。

ニュートとティナは、死刑執行人に、無理やり部屋に入れられる。ドアにはガードマンが一人立っている。

処刑人①　苦しくはありませんよ。

ティナ　（死刑執行人の一人に）やめて——バーナデット——お願い——

ティナはプールの端に連れて来られる。恐怖で息が荒くなり、乱れている。

処刑人①は微笑みながら杖を挙げ、ティナの頭から慎重に幸福な思い出を引き出す。ティナはすぐに静かになる——虚ろな、別世界にいるような表情。

処刑人①が思い出を液体に投げ入れられると、プールが波立ち、ティナの思い出のシーンを映し出す。

幼いティナが、母親の声に応えてにっこりしている。

ティナの母　（声のみ　v.o.）ティナ……ティナ……いらっしゃい、いい子ちゃん──もう眠る

時間よ。いいわね？

ティナ　　ママ……

ティナの母親がプールに映し出される。愛情のこもった温かい表情だ。現実のティナは微笑みながらそれを見下ろしている。

処刑人①　ほら、楽しそうでしょ？

向こうに行きたい？

どう？

ティナは虚ろにうなずく。

シーン68 屋内 マクーザのロビー——日中

クイニーが混み合ったロビーに立っている。エレベーターのドアが開く音。

エレベーターのドアにカメラ。ドアが開くとジェイコブが忘却術士のサムに付き添われて出てくる。

クイニーが決然と、二人に足早に近づく。

クイニー　　ハイ、サム！

サム　　　　やあ、クイニー。

クイニー　あなた、下で呼ばれてたわよ。
　　　　　私がオブリビエイトしとく。
　　　　　君には資格がない。

サム　　クイニーがきっとなってサムの心を読む。

クイニー　ねえ、サム——あなたのルビーとの浮気、セシリーは知ってるの？

　　　　　ルビーにカメラ。三人の行く手に立っているマクーザの魔女、ルビーが、サムに笑いかける。

　　　　　クイニーとサムにカメラ——サムは落ち着かない。

サム　　（唖然として）なんでそれを……？

クイニー　私にその人を預けてくれたら、奥さんに黙っててあげる。

　　　　　サムは呆然として退く。クイニーはジェイコブの腕を取って、広いロビーをどんどん歩かせる。

クイニー　なんでここに？
ジェイコブ　シー！　ティーンがピンチなのよ。
クイニー　あたし、心を読もうとしているとこ——
ジェイコブ　（ティナの心を読む）ジェイコブ、ニュートのカバンはどこ？
クイニー　グレイブスってやつが持ってると思う——
ジェイコブ　分かった。来て——
クイニー　え？　オブリビエイトしないの？
ジェイコブ　するわけないでしょ——あなたは仲間だもの！

クイニーはジェイコブを急き立てて中央階段を上る。

シーン69　屋内　死刑執行室――日中

ティナは処刑椅子に座ってじっと下を見ている。プールには、両親と妹のクイニーの幸せな姿のイメージが渦巻いている。

思い出

カメラはプールの中を映し、ティナの思い出の一つをたどる。ティナが新セーレム救世軍教会の中に入っていき、階段を上る。メアリー・ルーがクリーデンスのベルトを手に立っているのを見つける――クリーデンスは怯えている。ティナは怒ってメアリー・ルーに呪文をかける。ティナが進み出てクリーデンスを慰める。

ティナ　大丈夫よ。

現実のティナにカメラを戻す。プールを覗きこんだまま、失った過去に懐かしそうに微笑みかけている。

カメラはニュートに。自分の腕をさっと見おろす――ピケットがこっそり、敏捷(びんしょう)に下りていき、ニュートの手枷(てかせ)を外そうとしている。

シーン70 屋内 グレイブスのオフィスに続く廊下(ろうか)――日中

グレイブスのオフィスのドアにカメラ。

クイニー （声のみ o.s.）アロホモラ。

クイニーとジェイコブがグレイブスのオフィスの外に立っているが、やりにくそうな様子。クイニーが何とかしてドアを開こうとしている。

クイニー　　　アベルト……

ドアは閉まったままだ。

クイニー　　　（いらいらして）ウーン、あいつ、やっぱり、強力な鍵の呪文を知ってるわね。

シーン71　屋内　死刑執行室──日中

カメラはピケットに。ニュートの手枷を外し終える。それからすばやく処刑人②の上っ張りによじ登る。

処刑人②

（ニュートに）さて、あなたの幸せな記憶を頂きましょう——

処刑人②が杖をニュートの額に当てる。ニュートはその一瞬をとらえる——飛び退り、スウーピング・イーヴルを取り出してプールに向かって投げ、すばやく振り返ってガードマンを殴り、ノックアウトする。

スウーピング・イーヴルが広がって、骨ばった羽をもつ、不気味で妖しくも美しい蝶のような巨大な爬虫類になり、プールの周りを何度も旋回する。

ピケットが処刑人②の腕によじ登って嚙み付く。処刑人②が驚いて気がそれた隙に、ニュートはその腕をつかみ、彼女の杖で呪文をかける。発射された呪文は処刑人①にあたり、処刑人①が倒れて、その杖がプールに落ちる。そのとたん、プールの液体がねばねばした黒い泡を立てて盛り上がり、たちまち杖を飲みこむ。

その反動で、ティナの楽しい思い出は悪い思い出に変わる。メアリー・ルーがティナを攻撃的に指さす。

メアリー・ルー　魔女め！

ティナはプールに魅入られたままだが、だんだん恐怖を募らせているように見える。椅子が徐々に下がって液体に近づく。

スウーピング・イーヴルが滑るように部屋を飛び、処刑人②を床にたたきのめす。

シーン72　屋内　グレイブスのオフィスに通じる廊下――日中

ジェイコブがさっとあたりを見回してから、ドアを思い切り蹴飛ばして開ける。クイニーが部屋に

駆けこんで、ニュートのカバンとティナの杖を取り戻す間、ジェイコブは見張り役だ。

シーン73 屋内 死刑執行室——日中

ティナが突如夢から覚めて、悲鳴をあげる。

ティナ　スキャマンダーさん！

液体は今や黒く泡立つ死の劇薬に変わっている。液面がせり上がり、椅子に座っているティナを取り囲む。ティナは椅子に立ち上がって逃げようとするが、慌てて危うく椅子から落ちそうになる。必死にバランスを取り戻そうとする。

ニュート　うろたえないで！　ほかにどうしろっていうの？
ティナ

ニュートが奇妙な舌打ち音を出す。スウーピング・イーヴルがその合図でもう一度プールの周りを旋回する。

ニュート　ジャンプして……

ティナはスウーピング・イーヴルを見る——恐ろしい、信じられない。

ニュート　そいつに飛び乗って。
ティナ　気は確か？

ニュートはプールの端に立ち、スウーピング・イーヴルがティナの周りを何度も旋回するのを見ている。

ニュート　　ティナ、大丈夫だ。　僕がキャッチする。　ティナ！

二人はしっかりと目を見かわす。ニュートは安心させようとしている……

液体は今や、ティナの頭に届くほどの高さの波になっている——ティナにはニュートの姿が見えない。

ニュート　　突然ニュートが声を張りあげる。

ニュート　　（非常に冷静に、強く促して）僕がキャッチするから。　僕を信じて、ティナ。

ニュート　　跳べ！

二つの波の間からティナが跳び出す。その瞬間、スウィーピング・イーヴルがそこに飛んでくる。ティナはすばやく前に跳び、ニュートの両腕に抱き留められる。ティナはその背中に着地する。渦巻く液体からほんの数センチのところだ。

ほんの一瞬、ニュートとティナは見つめ合う。次の瞬間、ニュートが手を挙げてスウーピング・イーヴルを呼び戻すと、スウーピング・イーヴルはまた繭の形に戻る。

ニュートはティナの手をつかみ、出口に向かう。

ニュート
　　行くよ！

シーン74　屋内　死刑執行室の廊下――日中

クイニーとジェイコブがわき目もふらずに、廊下をどんどん歩いていく。

遠くで警報が鳴る──ほかの魔法使いたちが、二人と逆方向に急いで行く。

シーン75 屋内 マクーザのロビー──数分後──日中

ロビー中に警報が鳴り響く。

誰もが混乱している──あちこちに塊り、心配そうにしゃべっている者もあれば、切羽つまった不安な顔でおたおた駆け回っている者もある。

闇祓いの一団がロビーをビュッと駆け抜け、地下に向かう階段に直行する。

シーン76　屋内　死刑執行室の廊下／地下廊下——日中

ティナとニュートが手を取り合って地下廊下を駆け抜けていく。突然闇祓いの一団に出くわし、二人は柱の陰に飛びこむ。呪いの攻撃を危うくかわす。

ニュートが再び解き放ったスウーピング・イーヴルに。闇祓いの一人の耳を吻でさぐっている。

ニュート

　（舌打ち音を出して）脳みそを吸うのはよせ！

さあ！　行くぞ！

ティナとニュートはさらに走る。スウーピング・イーヴルが呪いを阻止しながら、そのあとから飛んでいく。

ティナ　　あれは何なの？

ニュート　スウーピング・イーヴル。

ティナ　　そう。気に入ったわ！

地下を急ぐクイニーとジェイコブにカメラ。ニュートとティナが全速力で角を曲がったとたん、二人と衝突しそうになる。　四人は緊張しきった顔を見合わせる。

次の瞬間、クイニーがカバンを指す。

クイニー　入って！

シーン77 屋内 牢獄に向かう階段――そのすぐあと――日中

グレイブスが緊迫した表情で、階段を下りていく。初めてうろたえている。

シーン78 屋内 マクーザのロビー――数分後――日中

クイニーが急いでロビーを突っ切っていく。急いでいることに気づかれまいと必死だが、早くその場を離れなければならないことは痛いほどわかっている。大勢の魔法使いが集まっている中から、アバナシーが慌てふためいて出てくる。

アバナシー　クイニー！

クイニーは階段を下り始めたところで立ち止まり、振り向いて自分を落ち着かせる。アバナシーはクイニーに近づきながらネクタイを直し、冷静で威厳のある様子を見せようとする――クイニーの前では、どうしてもどぎまぎしてしまうのだ。

アバナシー　（にっこり笑って）どこへ行くんだ？

クイニーは罪のない魅惑的な表情で、カバンを後ろに隠す。

クイニー　あたし……アバナシーさん、あたし……ちょっと具合が悪いの。

クイニーがちょっと咳をして、目をぱっちりさせる。

アバナシー　またか？　しょうがないな——そこに何を持ってるんだね？

——間

クイニーはすばやく考える。そして息を飲むほど魅力的な笑顔を見せる。

クイニー　女性のあれこれよ。

クイニーはカバンを前に出して、無邪気に急ぎ足で階段を上ってアバナシーに近寄る。

クイニー　ごらんになりたい？　いいわよ。

アバナシーは気恥ずかしさでどうしようもない。

クイニー　（ごくんと唾を飲みこみ）いやとんでもない！　そんな……
　　　　　それじゃ――お大事に！
アバナシー　（甘い微笑みを見せ、アバナシーのネクタイを直しながら）ありがとう！

クイニーは即座に後ろを向き、アバナシーを取り残して急いで階段を下りる――アバナシーは胸をドキドキさせてその後姿を見つめる。

シーン79　屋外　ニューヨーク街角──午後の遅い時間

カメラはニューヨークの上空からハイワイドで広範囲を映し、立ち並ぶ建物の屋根にズームしていく。そこから一気に下がって、通りや横丁を映しながら、走る車や笑いさざめく子どもたちのそばを通り過ぎる。

カメラは新セーレム救世軍教会のある横丁で止まる。クリーデンスがメアリー・ルーの次の集会のポスターを貼っている。

横丁にグレイブスが「姿現し」する。クリーデンスは驚いて後退るが、グレイブスは構わずまっすぐに近寄っていく。緊迫した様子で強い口調。

グレイブス　クリーデンス、子どもは見つけたか？
クリーデンス　無理です。

グレイブスはいらだっているが、平静を装い、クリーデンスの手を取る──突然、優しく愛情のこ

もったふりをしてみせる。

グレイブス　　見せてごらん。

クリーデンスはヒンヒン哀れっぽい声を出しながら身をすくめて、さらに後退ろうとする。グレイブスはそっとクリーデンスの手を取り、よく見る——手は深い切り傷に覆われ、痛々しい生傷から血が出ている。

グレイブス　　シー。いい子だ。早く例の子どもを見つければ、それだけ早くその苦痛は過去のものになる。

グレイブスは優しく、まるで誘惑するように親指で傷をなで、たちまち傷を治す。クリーデンスが目を見張る。

グレイブスは何かを決意する。真剣で信頼できる表情をつくり、ポケットから「死の秘宝」のペンダントを下げた鎖を取り出す。

グレイブス　これを持っていなさい、クリーデンス。これは、めったに他人に託さない——

グレイブスはさらに近寄って、クリーデンスの首にペンダントをかけ、ささやく。

グレイブス　めったにはな。

グレイブスは両手でクリーデンスの首を挟み、引き寄せて、静かに親しげに話す。

グレイブス　……しかし、君は——特別だ。

クリーデンスはどう考えてよいかわからない。グレイブスの態度に惹かれると同時に落ち着かない。

グレイブスはペンダントを手で覆い、その手をクリーデンスの心臓の上に置く。

グレイブス　子どもを見つけたら、この印に触れて私に知らせるんだよ。すぐに来るから。

グレイブスはクリーデンスにさらに近づき、首のすぐそばに顔を近づける──誘惑するようでもあり、脅すようでもある──そしてささやく。

グレイブス　やり遂げれば、君は魔法界の英雄だ。永遠にたたえられる。

グレイブスがクリーデンスを引き寄せてハグするが、手をクリーデンスの首に当てていて、愛情よりも支配を感じさせる。クリーデンスは、みせかけの愛情に感激して、目を閉じ、すこし安心した様子だ。

グレイブスは、クリーデンスの首をなでながら、ゆっくりと離れる。クリーデンスは目を閉じたまま、人肌の触れ合いが続いてほしいと願っている。

グレイブス　（ささやく）ほうっておけばその子は死ぬ。時間がないぞ。

グレイブスは、だしぬけに大股で横丁を歩き始め、「姿くらまし」する。

シーン80　屋外　屋上で鳩が鳴いている──夕方

市街地を一望にする屋上。真ん中に小さな木の小屋があり、中が鳩小屋になっている。ニュートが屋上の壁の張り出しに上がり、巨大な都市を見おろしている。ピケットがその肩に座り、カチカチという音を出している。

ジェイコブが鳩小屋を見ているところに、クイニーが入ってくる。

クイニー　おじいさまが鳩を飼ってたのね？　うちはふくろうだったわ。　エサをやるのが楽し

　　　　かった。

カメラはニュートとティナに——ティナも屋上の壁の張り出しに上がる。

ニュート　残るはあと一匹だ。

ティナ　そんな口実をこれ以上使わせないように、逃げた動物を全部捕まえましょう。

ニュート　グレイブスは、町を破壊してるのは魔法動物だって、ずっとそう言いはってた。

ティナ　「デミガイズ」のドゥーガル。

ニュート　ドゥーガル？

ティナ　ちょっと困ったことに……ん、あいつは目に見えないんだ。

ニュート　（あまりにばかばかしくて、ティナは思わず微笑む）……目に見えない？

ティナ　そう——たいていは透明になってて……そう……ん……

ニュート　そんなのを、どうやって捜すの？

ティナ　（笑いを浮かべ始めて）かなり苦労して。

ニュート　まあ……

二人は微笑みかわす——二人の間に温かいものが生まれている。ニュートはまだぎこちないが、

微笑むティナからなぜか目を離せない。

ティナがゆっくりニュートに近づく。

——間

ティナ　　商売になることなら何でも興味があるはずだわ。

ニュート　動物の足跡にも興味があるかな？

ティナ　　副業で魔法動物の売買もやってたわ——

　　　　　私が闇祓いだったときに使ってた情報屋！

ニュート　（この共同作戦が役に立ちそうだと興奮して）ナーラクよ——

ティナ　　（面食らって）何だって？

ニュート　ナーラク！

シーン81　屋外　バー「ブラインド・ピッグ」──夜

ティナが一行を連れて、ゴミ容器や木箱や廃棄物でいっぱいの薄汚い奥路地に入っていく。地下アパートに下りる階段を見つけ、一行に下りるように促す。

階段の奥は行き止まりのようだ。入口がレンガでふさいである。どんづまりには、イブニングドレスを着た社交界デビューの若い女性が、間の抜けた笑顔で鏡を見つめているポスターが貼ってある。

ティナとクイニーが向き合ってポスターの前に立ち、黙って一緒に杖を上げる。すると、二人の仕事用の服が、ドキッとするようなパーティ用のフラッパードレスに変わる。ティナはニュートを見上げ、そんな服装がちょっと気恥ずかしそうな顔をする。クイニーはいたずらっぽく微笑んでジェイコブを見つめる。

ティナがポスターの前に出て、ゆっくり杖を上げると、その動きを追って若い女性の両眼が上に上がっていく。ティナがゆっくりとドアを四度ノックする。

着替える必要を感じたニュートが、急きょ魔法で小さな蝶ネクタイを着ける。ジェイコブがうらやましそうに見る。

ポスターの女性の目の部分がひっくり返り、のぞき窓が開く。そこからガードマンが怪しむようにじろじろ覗く。

シーン82 屋内 「ブラインド・ピッグ」──夜

天井の低い、いかがわしいもぐり酒場。ニューヨーク中の魔法界のはみ出し者のたまり場だ。ニューヨークの魔法使い、魔女の犯罪者が一人残らずここにいる。自分たちの「お尋ね者ポスター」

が、自慢げに壁に掛かっている。「**ゲラート・グリンデルバルド――ヨーロッパで多数のノー・マジを殺害したお尋ね者**」というポスターがチラリと見える。

グラマーなゴブリンのジャズシンガーが、ゴブリンの演奏家が並ぶステージで、甘くささやくように歌っている。その杖から、歌詞のイメージが煙のように漂っている。何もかも薄汚れて安っぽい。不穏な雰囲気の享楽だ。

女性シンガー　ドラゴンに女を奪われ
　　　　　　　フェニックスの　真珠の涙が流れた

　　　恋人に冷たくされ
　　　ビリーウィグは　くるくる飛びを忘れた

　　　恋人たちに去られ
　　　ユニコーンは　角をなくし　ヒッポグリフは　心をなくした

ジェイコブはバーテンがいないように見えるバーで、注文するのを待っている。

ジェイコブ　　ここじゃどうやって酒を買うんだ？

どこからともなく、茶色の液体が入った細いボトルがジェイコブの前に滑ってくる。ジェイコブはびっくり仰天しながらボトルをキャッチする。
屋敷しもべ妖精の頭が現れ、カウンターごしにジェイコブを覗き見る。

屋敷しもべ　　屋敷しもべ妖精を見たことないのか？　え？
ジェイコブ　　あ……いやまさか。あるよ。
　　　　　　　　　屋敷しもべは大好きだ。

ジェイコブは平気を装う——ボトルのコルクを抜く。

ジェイコブ　　俺の叔父も屋敷しもべだった。

バーテンの屋敷しもべが——だまされてはいない——カウンターで体を持ち上げ、乗り出してジェイコブを見つめる。

クイニーがやってくる。目を伏せて注文する。

クイニー　ギグルウォーター六ショットとローブ・ブラスターをお願い。

屋敷しもべはしぶしぶその場を離れ、クイニーの注文を準備する。ジェイコブとクイニーがお互いを見る。ジェイコブが手を伸ばして、ギグルウォーターの一つを取る。

ジェイコブ　ノー・マジはみんなあなたみたいなの？

クイニー　（まじめに聞こえるように気張り、ほとんど誘惑するように）いや、俺みたいなのは俺だけだ。

クイニーとの強い目線を外さないようにしながら、ジェイコブはグラスを飲み干す。突然、ジェイコブの口から、甲高く騒がしいヒヒッという笑いが勝手に出てくる。ジェイコブの驚く顔を見て、クイニーがやさしく笑う。

巨人に飲み物を渡す屋敷しもべにカメラ。渡したマグが、巨人の手ではミニチュアに見える。

テーブルに二人きりで座っているティナとニュートにカメラ。いごこちの悪い沈黙。ニュートは酒場にいる連中を観察している。フードで傷だらけの顔を覆った魔法使いの男女が、ルーン文字のサイコロを使って、魔法の品を賭けたギャンブルをしている。

ティナ　（周りを見回して）逮捕したこととある連中ばかり。

ニュート　詮索するなって言われそうだけど……あそこでさっき見えたんだ。

ティナ　その……処刑されそうなとき。

新セーレム救世軍の男の子を——抱きしめてたね。

ティナ　あの子はクリーデンスよ。

母親に虐待されているの。

他の養子もみんなぶたれているけど、でも彼が一番嫌われてるみたい。

ニュート　（事情がわかって）それで君は、母親のノー・マジを攻撃した？

ティナ　それで調査部をクビになったの。

彼女の狂信的な信者の集会で騒ぎを起こしちゃって——

全員オブリビエイトする羽目になった。

大問題よ。

クイニーが部屋のむこうから合図を送る。

クイニー　（ささやき声）あれが彼よ。

ナーラクがもぐり酒場の奥から現れる。葉巻をくわえ、ゴブリンにしてはスマートな服装。マフィアのボスのような、ずるそうで人をそらさない立ち居振る舞い。歩きながら新顔の客を油断なく見る。

女性シンガー　（声のみ o.s.）♪そう、愛の熱に浮かされ
　　　　　　　　猛きケモノも　か弱きものも
　　　　　　　　羽毛も羊毛も獣毛のものも
　　　　　　　　恋のとりこ　愛の魔法♪

ナーラクがニュートたちのテーブルの端に座る。自信に満ち、危険な権力を漂わせている。屋敷しもべがあたふたと飲み物を持ってくる。

ナーラク　それで——あんたか、怪物だらけのカバンを持ってるっていうのは？

ニュート　耳が早いですね。

何か……動物の痕跡とか目撃情報をご存知なら、教えてもらえないかと思って。

ナーラクがグラスを飲み干す。別の屋敷しもべが、ナーラクにサインしてもらう書類を持ってくる。

ニュート　あなたに損をさせない取引を、という意味ですね？

ナーラク　助けるよりも通報するほうがいいだろうが？

あんた、懸賞金付きのお尋ね者だぜ、スキャマンダーさんよ。

屋敷しもべがサイン済みの書類を取って、急いで立ち去る。

ナーラク　ふーむ——まあ、テーブルチャージってことにしよう。

ニュートがガリオン金貨を二枚取り出してテーブルの端からナーラクのほうに滑らせる。ナーラクはチラリと見るだけ。

ナーラク　（バカにしたように）フン――マクーザの懸賞金のほうが高い。

――間

ニュートは美しいメタルの道具を取り出してテーブルに置く。

ナーラク　望月鏡か？
　　　　　　五つ持ってるよ。

ニュートはコートのポケットを探り、凍結したルビーのように照り輝く卵を一つ取り出す。

ニュート　アッシュワインダーの冷凍卵！
ナーラク　（ついに興味を持つ）なるほど――手を打てそうな……

ナーラクは突然、ニュートのポケットから顔をのぞかせたピケットを見つける。

ナーラク　――ちょっと待て――そいつは……ボウトラックルか？

そうだな？

ピケットは急いでポケットに潜り、ニュートは護るようにポケットを手で覆う。

ニュート　いや。

ナーラク　隠すなよ、そいつはボウトラックルだ——
そいつら、鍵を開けるのが得意だろうが？

ニュート　この子はあげられない。

ナーラク　そうか、生きて帰れるといいな、スキャマンダーさんよ。
マクーザに追い回されてちゃあな。

ナーラクは立ち上がって去りかける。

ニュート　（苦悶しながら）分かった。

ナーラクはニュートに背を向けたまま、毒々しくにやりと笑う。

ニュートはポケットからピケットを引っぱり出す。ピケットは必死にカチカチ言いながら、哀れっぽい声を出してニュートの手にしがみつく。

ニュート　　ピケット……

れとニュートがのろのろとピケットをナーラクに差し出す。ピケットは小さな腕を伸ばして、戻してくれとニュートに泣きつく。ニュートはピケットを見ていられない。

ナーラク　　おー、よし……
　　　　　　（ニュートに）目に見えない何かが、五番街をめちゃくちゃにしてたってよ。メイシーズ・デパートに、お探しのモンがいるかもな。
　　　　　　（小声でs.v.）ドゥーガルだ。
　　　　　　（ナーラクに）なら、あと一つだけ。マクーザで働いてるグレイブスって——どういう経歴かご存知ですか？

ニュート　　ナーラクが目を見張る。いろいろ知っているらしい——明かすぐらいなら死んだほうがましだという雰囲気。

ナーラク　あんた知りたがりやだな、スキャマンダーさんよ。そりゃ命取りだぞ。

ボトルの入った木箱を運ぶ屋敷しもべ妖精にカメラ。

屋敷しもべ　マクーザが来る！

屋敷しもべ妖精が「姿くらまし」する。ほかの客も慌ててそれに続く。

ティナ　（立ち上がって）通報したのね！

ナーラクは脅すように含み笑いしながら、二人を見つめる。

クイニーの背後で、「お尋ね者」ポスターが更新されて、ニュートとティナの顔が現れる。

闇祓いたちが、闇酒場に「姿現し」し始める。

ジェイコブが、何気ない様子でゆったりとナーラクに近づく。

ジェイコブ　悪いなナーラクのダンナ――

ジェイコブがナーラクの顔にまともにパンチをくらわせ、あおむけにひっくり返らせる。クイニーが大喜びする。

ジェイコブ　――工場のボスに似てたんでね！

闇祓いが、バーにいる客を次々に逮捕している。

ニュートは大急ぎで床を這いまわり、ピケットを探す。その周りで、闇祓いたちに追われた連中がバーから逃げようと右往左往している。ニュートはとうとう、テーブルの脚にしがみついているピケットを見つけてつかみ、急いでほかの三人と一緒になる。

ジェイコブはもう一杯ギグルウォーターをグイと引っかけ、ニュートに肘をつかまれながら、やか

ましい笑い声をあげる。一行は「姿くらまし」する。

シーン83　屋内　新セーレム救世軍教会——夜

ほの暗い明かりが一そろいともる細長い部屋。ほとんど物音がしない。

部屋の真ん中の長テーブルに、チャスティティがきちんと座り、決められたとおりにビラを取り揃えて、小さな袋に次々に入れている。

モデスティは夜着を着てその反対側に座り、本を読んでいる。後ろの暗い場所では、メアリー・ルーが自分の寝室を整えるのに忙しい。

モデスティだけが、二階からのカタンという小さな物音に気付く。

シーン84　屋内　モデスティの寝室――夜

殺風景な部屋。ベッドがひとつ、石油ランプが一台、壁には七つの大罪のアルファベットの刺繍。首に縛り首の縄を巻いた人形、磔柱に縛られた人形もある。モデスティの人形が棚に並ぶ。

クリーデンスがモデスティのベッドの下を探っている。そこに隠された箱などの品物の中を探しているが、突然目を見張る……

シーン85 屋内 新セーレム救世軍教会──夜

モデスティが階段の下に立って、上を見上げている。ゆっくりと階段を上る。

シーン86　屋内　モデスティの寝室——夜

ベッド下のクリーデンスの顔にカメラ——クリーデンスがおもちゃの杖を見つける。目を離すことができず、じっと見つめる。

その背後に、モデスティが入ってくる。

モデスティ　何してるの、クリーデンス？

クリーデンスは慌ててベッドの下から這い出ようとして、頭をぶつける。恐怖にかられ、埃だらけになって出てきたクリーデンスは、モデスティの声だとわかって安心する。しかしモデスティは、杖を見て恐れる。

クリーデンス　どこでこれを？
モデスティ　（怖がって、小声で）返して、クリーデンス。ただのオモチャだよ！

ドアが音を立てて開き、メアリー・ルーが入ってくる。その目がモデスティからクリーデンスへ、そしておもちゃの杖へと移る——これまでにないほど激怒している。

メアリー・ルー　(クリーデンスに)何をやってるの?

シーン87　屋内　新セーレム救世軍教会——夜

カメラは、ビラを袋に入れる作業を続けるチャスティティに固定。

メアリー・ルー　(声のみ o.s.)ベルトを取りなさい!

チャスティティが階下から階段の踊り場のほうを見る。

シーン88 屋内 新セーレム救世軍教会 二階への踊り場——夜

メアリー・ルーが、教会のメイン・ホールを見おろす踊り場に立っている。下から見上げると、メアリー・ルーの姿は強烈で、ほとんど神のように見える。

メアリー・ルーがクリーデンスを振り返り、強い嫌悪感を顔に表しながら、杖を二つに折る。

モデスティは身を縮め、クリーデンスはベルトを外し始める。メアリー・ルーが手を伸ばしてベルトを取る。

クリーデンス　（哀願する）母さん…

メアリー・ルー　私はお前の母さんじゃない！
お前の母親は、あの女は邪悪な魔女だった！

モデスティが二人の間に割って入る。

モデスティ　それ、あたしの杖なの。

メアリー・ルー　モデスティ──

メアリー・ルーは自分の手を見る──ベルトが飛んだ力で、手が切れて血が出ている。

突然ベルトが、不自然な力でメアリー・ルーの手から飛び出し、死んだ蛇のように部屋の隅に落ちる。

メアリー・ルーは呆然とする──モデスティとクリーデンスを交互に見る。

メアリー・ルー（恐れを表に出すまいとしている）どういうこと?

モデスティは反抗的にメアリー・ルーをにらみ返している。その背後にうずくまり、膝を抱えて震えているクリーデンスが見える。

落ち着きを失うまいとしながら、メアリー・ルーはゆっくりとベルトを取りに行く。ベルトに触れる前に、ベルトが床をズルズルと這って離れていく。

メアリー・ルーは後退りする。恐怖で涙が目にあふれている。ゆっくりと二人の子どものほうに振り向く。

そのとき、強力な力がメアリー・ルーに向かって爆発する。獣的な黒い塊が甲高い声をあげて彼女を破壊する。得体のしれない力にあおむけに吹き飛ばされ、メアリー・ルーは血も凍る叫び声をあげて木の梁に激突し、中二階のバルコニーから放りだされる。

メアリー・ルーはメイン・ホールの床にたたきつけられる。死んでいる。その顔には、ショー議員

の顔にあったと同じ傷痕がある。

暗黒の力が教会中を飛び回り、テーブルをひっくり返し、手あたり次第すべてを破壊していく。

シーン89 屋外 デパート―夜

カメラはデパート全体を捉えるロングショット。ショーウィンドーには豪華な服を着たマネキンが並んでいる。

ジェイコブがショーウィンドーに近づき、勝手にマネキンの腕を滑り降りていくように見えるハンドバッグを見つめる。ニュート、ティナ、クイニーがジェイコブのあとから急いでやって来て、バッグが宙に浮かんでふわふわと店の奥に入っていくのをじっと見る。

シーン90　屋内　デパート——夜

商品がきれいに並び、クリスマス飾りのあるデパートの店内。高価な宝飾品や靴、帽子、香水などが通路わきにずらりと並ぶ。夜間で閉店しており、明かりはすべて消えている。物音ひとつしない。

ハンドバッグが、ブーブーという小さな唸り声と一緒に、真ん中の通路をふわふわ動いていく。浮かぶハンドバッグを目で追う。

ニュートたちは忍び足で急いで歩き、大きなプラスチック製のクリスマスの飾りの陰に隠れる。

ニュート　（ささやき声）デミガイズは普段はおとなしいんだ。

でも怒らせると凶暴になってかみつく。

デミガイズの姿が見える――銀色の毛を持つオランウータンのような生き物で、好奇心の強そうな

しわくちゃの顔――商品のディスプレーをよじ上ってお菓子の箱に手を伸ばす。

ニュート　二人が移動し始める。

ニュート　（ジェイコブとクイニーに）　君たち二人は……あっちに回って。

ジェイコブとクイニーは、わけがわからないというように顔を見合わせてから先に進む。

ニュート　なるべく予想しにくい動きをして。

遠くから低い吠え声が聞こえる。

デミガイズにカメラ。　音を聞きつけ、天井を見上げる。　お菓子を集めるのをやめ、ハンドバッグに

全部掻き入れる。

ティナ　（声のみ o.s.）あれ、デミガイズの声？

ニュート　いや、デミガイズがここに来た理由があれかもしれない。

デミガイズは、今度は店内を通り抜けていく。

デミガイズを追ってすばやく移動するニュートとティナにカメラ。

見つかったことに気付いたデミガイズは、問いかけるような目をニュートに向け、脇の階段を上り始める。ニュートはにやっと笑ってついていく。

シーン91　屋内　デパート、屋根裏の倉庫──夜

大きな暗い屋根裏の空間は、天井から床まで棚で埋まり、陶磁器の箱がびっしりと並んでいる。ディナーセットや紅茶のカップ、キッチン用品一般が入っている。

デミガイズは、月の光が所々さしこむ屋根裏部屋を歩いている。あたりを見回し、立ち止まって、お菓子でいっぱいのハンドバッグから中身を出し始める。

ニュート　　（声のみ　o.s.）あいつの目は、確率に基づいてものを見てるんだ。
　　　　　　少し先の未来の出来事を予測する力がある。

デミガイズの背後に忍び寄るニュートの姿がカメラに入る。

ティナ　　　（声のみ　o.s.）それで、今は何してるの？

ニュート　　子守だ。

デミガイズがお菓子を一つつまんで、上のほうの何かに差し出すようなしぐさをする。

ティナ　　え？　今なんて言った──？

ニュート　（静かに、ささやくように）　僕が悪いんだ。
　　　　　全部集めたと思ってたけど──数え間違えてたらしい。

ジェイコブとクイニーがそっと入ってくる。ニュートは静かに前に進み、デミガイズの横に膝をつく。デミガイズがニュートのために空けてくれた、お菓子の前の空間に、ニュートは慎重にカバンを置く。

ティナにカメラ。明かりが動いて、屋根裏の垂木に隠れている大きな生き物が、どんなに巨大かをはっきりと顕す。ティナが恐怖の表情で見上げる。

ティナ　　あれ、の子守をしてたの？

カメラは天井に。オカミーの顔が見える──カバンの中にいた小さな蛇のような鳥と同じ顔だが、このオカミーは巨大で、ぐるぐる巻きのとぐろが屋根裏部屋の空間全体を埋めている。

オカミーはゆっくりとニュートのほうに移動してくる。デミガイズが、また甘いものを高くかざす。

ニュートは身動きしない。

ニュート　オカミーは伸縮自在なんだ。広い場所があれば、それだけ大きくなって——空間を埋める。

オカミーがニュートを見つけて、そのほうに首を伸ばす。ニュートはやさしく手を上げる。

ニュート　ママはここにいるよ。

デミガイズにカメラを向ける。目が明るいブルーに輝く——何かが起こるのを予感した印だ。

フラッシュカット

クリスマスの飾り玉が床を転がり、オカミーがパニックに陥る。その背中を抱いているニュートが部屋のあちこちに振り回される。デミガイズが突然ジェイコブの背におぶさる。

カメラをデミガイズに戻す。目が元の茶色に戻っていく。

クイニーがオカミーをじっと見ながら、ゆっくり前に進む。床に転がっているクリスマス飾りの小さなガラス玉を、クイニーがうっかり蹴ってしまい、玉がじゃらじゃら音を立てて転がる。その音に驚いたオカミーが、キーキー鳴きながら伸び上がる。ニュートが、この巨大な生き物を鎮めようとする。

ニュート　よし、よし！

ジェイコブとクイニーは、何かに隠れようとして、よろめきながら後退る。デミガイズが走って逃げ、ジェイコブの腕の中に飛びこむ。

オカミーが屋根裏を激しくのたうち回り、上から飛びかかるようにしてニュートをその背中にすくいあげる。壊れた棚が飛び散る。ニュートが大声を出す。

ニュート　みんな、何か虫を見つけて！何でもいい──虫とティーポットを！早く捜して！

ニュートに言われたものを見つけようと、ティナが、大混乱の中を、落下してくるものを避けながら軍隊のようにほふく前進していく。

オカミーの両翼が床を強打する。ジェイコブは、いまや背中にしがみついているデミガイズのせいで、さんざん躓きながら歩いていて、間一髪で翼を逃れる。

オカミーがますます暴れて、ニュートは背中につかまっているのが難しくなってくる。今やオカミーの両翼が天井を叩き、ビルの屋根を突き破る。

横を見たジェイコブとデミガイズが、同時に、木箱の上にいる一匹のゴキブリを見つける。ジェイコブが手を伸ばすが、オカミーの体の一部に叩きつけられて、ジェイコブのチャンスは木箱もろとも壊れてしまう。

ティナにカメラ。固い決意で床を這い、逃げた一匹のゴキブリを必死に追うティナ。

クイニーにカメラ。暴れるオカミーの勢いで床に倒れて悲鳴をあげる。ジェイコブがその背後に走

り寄り、ダイビングして床にべったり腹ばい、ついに逃したゴキブリをゲットする。ティナがティーポットを手にして立ち上がり、大声で叫ぶ。

ティナ　　ティーポットよ！

　この声でオカミーの頭がまたしても持ち上がり、尻尾がずるずる動いて、ジェイコブを──デミガイズも一緒に──垂木の一本に押し付けて動けないようにしてしまう。

　ジェイコブとティナは今や部屋の両端にいる。その間に、オカミーのうろこだらけの尻尾がうねねととぐろを巻いていて、どちらも動こうにも動けない。

　ジェイコブとデミガイズにカメラ──デミガイズはこそこそと横を見て、たちまち姿を消す。ジェイコブはゆっくりと首を回してデミガイズの見ていたほうを見る──オカミーの顔が今やジェイコブのすぐ目の前だ。ジェイコブがゴキブリを握っているので、オカミーがらんらんと目を光らせて見つめている。ジェイコブは息もできない。

　ニュートがオカミーの頭の後ろから覗いて、小声で言う。

ニュート　　　　　ゴキブリをティーポットに……

ジェイコブが、すぐそばにいる巨大な生き物と目を合わせないようにしながら、ごくりと唾をのむ。

ジェイコブ　　（オカミーをなだめながら）シー！

ジェイコブがティナに目配せして、何をしようとしているかを警告する。

スローモーション

ジェイコブがゴキブリを放り投げる。空中を飛ぶゴキブリにカメラ。オカミーの胴体がまた動き始め、とぐろを解いて部屋の中を渦巻きながら進む。

ニュートがオカミーの背から飛び降り、無事に床に着地。クイニーは水切りボールをかぶって頭を保護しようとする。

ティナがティーポットを前に突き出し、オカミーのとぐろを飛び越えて走る——勇ましい姿だ。部屋の真ん中で、ティナは膝をついて屈みこむ。ゴキブリが見事にキャッチされてティーポットに入る。

オカミーが伸び上がりながら、急速に縮んで、ティーポットに飛びこむ準備をする。ティナは頭を低くして、衝撃に備える。オカミーはティーポットに向かって高速で下りていき、スルスルと中に入る。

ニュートが飛び出して、ティーポットにしっかり蓋をする。ニュートもティナも荒い息。やっと安心する。

ニュート　　伸縮自在だ。
　　　　　　狭い場所なら、それに合わせて縮みもする。

カメラはティーポットの中に——小さくなったオカミーが、ゴキブリをむさぼっている。

ティナ　　　正直に言って——カバンから逃げたのはこれで全部？

ニュート　　これで全部だ——本当だよ。

シーン92 屋内 ニュートのカバンの中――それから間もなく――夜

ジェイコブがデミガイズの手を引いて、囲い地の中を歩いている。

ニュート （声のみ o.s.）ほーら来た。

ジェイコブはデミガイズを持ち上げて巣に入れてやる。

ジェイコブ （デミガイズに）帰れて嬉しいか？

疲れたよなー？　ほらよ——ほーら行け——よしよし。

ティナは恐る恐るオカミーの赤ん坊を抱えている。ニュートに指示されるとおりに、それをそっと巣に戻す。

カメラをティナに固定。ティナが振り向いて、今は自分の囲い地をのし歩いている、あの雌のエルンペントを見る。すっかり驚き、感心した顔。その表情を見て、ジェイコブがクスクス笑う。

ピケットがポケットの中からニュートを鋭くつねる。

ニュート　イタッ！

ニュートがピケットを取り出し、ピケットを手の上に乗せたまま、いろいろな囲い地を歩き回る。

お宝に囲まれて小さな洞穴に座っているニフラーが見える。

ニュート　そうだな……ちゃんと話そう。

あのね、ピケット、あのままやつに渡しておくつもりはなかったよ。ピック、君を手放すくらいなら、手を切り落したほうがましだ……だって君は、あんなにいろいろ僕を助けてくれたじゃないか——さあ、機嫌直して。

ニュートはフランクのいる地区に近づく。

ピケットがべーっと小さな舌を突き出す。

ニュート　ピック、そうむくれるなよ。すねたらダメだって前にも話し合っただろう？ピケット——ほら笑って。なあ、ピケット……

ニュート　こら——君らしくないぞ。

ニュートはピケットを肩に乗せ、いろいろな動物に忙しく餌やりを始める。

ニュートの小屋の中の、美しい女の子の写真にカメラ——意味ありげに微笑んでいる。クイニーが

じっと写真を見る。

ニュート　ねえニュート、誰の写真？

ニュート　あ……誰でもない。

クイニー　（心を読んで）リタ・レストレンジ？

ニュート　聞いたことあるわ。レストレンジ家って……あの、ほら？

クイニー　頼むから心を読まないで。

クイニーがニュートの頭の中にあるストーリーをすっかり読んでしまう間、少しの間。クイニーは、関心を持つと同時に悲しんでいるように見える。ニュートは、クイニーに心を読まれていないかのようにふるまおうと努力しながら、仕事を続ける。

クイニーがニュートに近づく。

ニュート　（狼狽し、怒って）読まないでって言ったのに。

クイニー　そうね、ごめんなさい。でも読めてしまうの。傷ついた心は読みやすいから。

ニュート　傷ついてなんかいないよ。大昔のことだし。

クイニー　学生時代、とても仲が良かったのね。

ニュート　（なんでもないというふりをしながら）お互いはみだし者だったから。
　　　　　それで僕ら……

クイニー　──とても親しかった。長い間。

背景にティナが見える。ニュートとクイニーが話しているのに気が付く。

クイニー　（心配そうに）彼女は「奪う人」だった。
　　　　　あなたには与える人が必要だわ。

ティナが二人のほうに歩いてくる。

ティナ　　何の話をしてるの？

ニュート　いや……別に。

クイニー　学校の話。

ニュート　そう学校。

ジェイコブ 　（上着を着ながら）え、なに学校？

クイニー 　学校があるの？

ニュート 　魔法使いが行く学校が……アメリカに？

クイニー 　もちろんあるわ——イルヴァーモーニー！
　世界一の魔法学校といえば、そこなの！
　世界一の魔法魔術学校はホグワーツだよ！　君だってきっとそう思うだろう。

ニュート 　ホグワーシュですって？

　い上がっていく。

　大きな雷鳴がとどろく。サンダーバードのフランクが甲高い声で鳴きながら、激しく羽ばたいて舞い上がっていく。体の色が黒と金色になり、目から稲光が出ている。

　ニュートが立ち上がり、心配そうにその様子を観察している。

ニュート 　危険だ。危険を感じ取ってる。

シーン93 屋外 新セーレム教会──夜

グレイブスが暗がりに「姿現し」する。杖を抜き、破壊の現場を調べながらゆっくりと教会に近づく。心配そうな顔ではなく、むしろ興味をそそられ、興奮しているように見える。

シーン94　屋内　新セーレム教会——夜

教会は破壊されている——月光が屋根の割れ目から差しこみ、瓦礫のなかにチャスティティの死体が横たわっている。

グレイブスは杖を構えたまま、ゆっくり教会に入る。建物のどこかから、得体のしれないすすり泣きが聞こえる。

メアリー・ルーの死体が目の前の床に転がっている——月明かりで、顔に刻まれた傷が見える。グレイブスが死体を調べ、わかった、という表情が浮かぶ——恐怖はない。ただ油断なく、強烈な関心を示している。

カメラはクリーデンスにフォーカス。教会の奥に身を縮めてヒンヒン泣きながら、「死の秘宝」のペンダントを握っている。グレイブスが急いで近寄り、屈んでクリーデンスの頭を抱きかかえる。しかしその声には優しさのかけらもない。

グレイブス　オブスキュラスを生む者が――ここにいたのか？
　　　　　　どこへ行った？

　クリーデンスが顔を上げ、哀願するようにグレイブスを見る――心がどうしようもないほど深く傷つき、何も説明できない――愛情を求めてすがっている。

グレイブス　幼い妹がいると言ったな？
クリーデンス　助けて。お願い……

　クリーデンスはまた泣きだす。グレイブスは片手をクリーデンスの首に置く。平静を保とうとするが、答えを引き出そうとするストレスで顔が歪む。

グレイブス　僕を助けて……
クリーデンス　妹はどこだ、クリーデンス？
　　　　　　どこへ行った？　妹は？

　クリーデンスは震えて、はっきりものも言えない。

クリーデンス　僕を助けて……

突然邪険になり、グレイブスはクリーデンスの顔を平手打ちする。

クリーデンスは呆然としてグレイブスを見つめる。

グレイブス　君の妹はとても危険な状態なんだ。

探し出さないと。

クリーデンスは、自分のヒーローに殴られたことが理解できずに、ひどく驚いている。グレイブスはクリーデンスをつかんで立ち上がらせ、一緒に「姿くらまし」する。

シーン95　屋外　ブロンクス地区の安アパート——夜

さびれた通り。クリーデンスを連れたグレイブスは、安アパートに近づく。

シーン96　屋内　ブロンクス地区の安アパート、廊下——夜

荒れ果てて惨めなアパートだ。クリーデンスとグレイブスが階段を上る。

グレイブス　（声のみ o.s.）ここはどこだ？

クリーデンス　母さんは、ここからモデスティを引き取った。

モデスティは十二人兄弟で……

家族と離れてさみしいって、今でも兄や姉のことを話すんだ。

そこから、いくつもの出入口が、

別々な方向に延び、先は暗くなっている。

グレイブスは杖を手にして階段の踊り場でまわりを見回す——

グレイブス　あの子はどこだ？

クリーデンスはまだショックから回復していない。　吹抜け階段で立ち止まっている。

クリーデンスは下を向く——どうしてよいか分からない。

クリーデンス　分かりません。

グレイブスはますますいらだっている——ゴールがすぐそこだというのに……

部屋の一つにどんどん入っていく。

グレイブス 　（侮蔑的な口調）君はスクイブだ、クリーデンス。

　初めて会った時から、匂いで分かった。

　クリーデンスは驚き、失望する。

クリーデンス 　え？

　グレイブスは廊下沿いにどんどん歩き、別な部屋を調べる。クリーデンスに愛情を持っているふりをすることなど、忘れ果てている。

グレイブス 　親が魔法使いでも魔法は使えない。

クリーデンス 　でも、あなたが魔法を教えてくれるって……

グレイブス 　教えても無駄だ。

グレイブス 　あの母親は死んだ。

　それで十分だろう。

グレイブスは別の踊り場を指す。

グレイブス　もう君に用はない。

クリーデンスは動かない。グレイブスの後ろ姿を見つめる。息づかいが早くなる。何かを抑えこもうとしているかのようだ。

グレイブスが暗い部屋をあちこち回っている。近くで小さな動きを感じる。

グレイブス　モデスティ？

グレイブスは慎重に、廊下の一番端の荒れ果てた部屋に入っていく。

シーン97　屋内　ブロンクス地区の安アパート　荒れ果てた部屋──夜

カメラは隅にうずくまるモデスティに。恐怖で目を見開き、震えている。グレイブスが近づく。

グレイブス　　（ささやくように）モデスティ。

グレイブスが屈みこみ、杖をしまう──またしても優しく慰める親を演じる。

グレイブス　　（優しく）大丈夫だ、怖がることはないよ。兄さんのクリーデンスも一緒だ。

クリーデンスの名を聞くと、モデスティは恐れてヒンヒン泣く。

グレイブス　　さあ出ておいで……

グレイブスが手を差し伸べる。

かすかなジリジリという音。

カメラは天井に。割れ目が現れ、蜘蛛の巣のように広がっていく。壁が激しく揺れて、ほこりが落ちてくる。二人の周りで部屋が崩壊していく。

グレイブスが立ち上がる。モデスティを見おろすが、恐怖に駆られているだけで、この魔法の源でないことが明らかだ。グレイブスは振り返ってゆっくりと杖を抜く。目の前の壁が、砂のように崩れ落ちる。その向こうにまた壁がある。グレイブスにとって、モデスティはもはや何の意味もない。

り、同時にとんでもないミスを犯したことを悟る……壁が次々に崩れ落ちていくのを、その場にくぎ付けになって見ているグレイブス。気持ちがたかぶ

最後の壁が崩れ落ちる。クリーデンスがその向こうに立っている。烈しい怒り、裏切られた恨みや辛さを抑えきれないで、グレイブスを見つめている。

グレイブス　クリーデン……さっきはすまないことを言った……
クリーデンス　信じてたのに。
　　　　　　　友だちだと思ってたのに。
　　　　　　　あなただけは違うって……

クリーデンスの顔が歪み始める。怒りが内側から体を引き裂いていく。

グレイブス　クリーデンス、君なら抑えられる。
クリーデンス　（ささやくように。やっとグレイブスと目を合わせながら）グレイブスさん、僕は抑えたいとは思わない。

オブスキュラスが、クリーデンスの体の中で恐ろしい力で動いている。その口から、ヒトのものではない恐ろしい唸り声とともに、何か黒いものがあふれ出てくる。
その力がついにクリーデンスをのっとり、体が爆発的な勢いで黒い塊になる。塊は、危うくグレイブスに触れそうになりながら、激しい勢いで窓から飛び出していく。

グレイブスは、オブスキュラスが部屋から街に出ていくのを、その場に立ってじっと見ている。

シーン98　屋外　ブロンクス地区の安アパート──夜

カメラはオブスキュラスを追う。渦巻き捻じれながら、大混乱を引き起こして街中を動いていく。車は吹っ飛び、歩道は爆発し、建物はぶち壊される──オブスキュラスのあとには破壊しか残っていない。

シーン99　屋外　スクワイア・ビルの屋上——夜

ニュート、ティナ、ジェイコブ、クイニーが「スクワイア」という大きな看板の下、ビルの屋上に立っている。屋上の端から、眼下の街の大混乱がはっきり見える。

ジェイコブ　（あまりのものすごさに）うわー……あれがオブスキュラーとか言うヤツ？

サイレンが鳴る。ニュートは破壊の大きさに驚きながら見つめている。

ニュート　あんな強いのを生み出す者は初めてだ……

遠くで一段と強い爆発音がする。足下の街並みが燃え始める。ニュートはカバンをティナの手に押し付け、内ポケットから日誌を取り出す。

ニュート　　　僕が戻らなかったら、動物の世話を頼む。
　　　　　　　必要なことは、全部ここに、書いてあるから。

ニュートは、ティナとほとんど目を合わすことができないまま、日誌を渡す。

ティナ　　　　えっ？

ニュート　　　（オブスキュラスを振り返りながら）殺させないぞ！

二人の目が合う――お互いに言いたいことがたくさんあるような瞬間――次の瞬間、ニュートが屋上から飛び降りながら「姿くらまし」する。

ティナ　　　　（取り乱して）ニュート！

ティナは、カバンをクイニーの腕の中にバンと置く。

ティナ　　聞いたでしょ——動物の世話をして！

ティナが「姿くらまし」する。クイニーはカバンをジェイコブに押し付ける。

クイニー　　ね、あなたが持ってて。

クイニーが「姿くらまし」しようとするが、ジェイコブがしっかり捕まえ、クイニーはためらう。

ジェイコブ　　おいおいおいおい！

クイニー　　あなたは連れてけない！

ジェイコブ　　ジェイコブ、お願い、放して！

クイニー　　おい、待てよ！
　　　　　　　俺のこと仲間だって言ったのは君だ……

クイニー　　忘れた？
　　　　　　　危険すぎるわ。

遠くでまた大爆発。ジェイコブはクイニーを一層強くつかむ。戦争中のジェイコブの経験を読み取ったクイニーの顔が、驚きと優しさの表情に変わる。クイニーはぞっとすると同時に心を動かされる。ゆっくりと、クイニーは片手を上げてジェイコブの頬に触れる。

シーン100　屋外　タイムズスクエア――夜

大混乱のただ中。ビルが燃え、人々が泣き叫んで逃げまどっている。路上に、めちゃめちゃになった車がいくつも転がっている。

グレイブスがスクエアを歩いていく。まわりの災難は眼中にない。ただ一つのことだけを思い詰めている。

オブスキュラスがスクエアの一角でのたうちまわっている。エネルギーはますます狂暴になっている――孤独と虐待に傷つき、苦しむ心が、幾重にも渦巻いている――その中に、吠え猛る赤い光が見え隠れしている。クリーデンスの苦痛に歪んだ顔が、塊の中にわずかに見分けられる。グレイブスは勝ち誇ったようにその前に立っている。

ニュートが同じ通りの少し離れたところに「姿現し」して、その場を見ている。

グレイブス

（大音響のただ中で、クリーデンスに聞こえるように声を張り

あげて）こいつを内に抱えながら、君はその年まで生き延びた。

奇跡だよ、クリーデンス、君は奇跡だ。

私と来い——私と一緒なら偉業を成し遂げられる。

オブスキュラスがグレイブスに近づく——塊の中から悲鳴が聞こえる。暗黒のエネルギーがまたしても爆発し、グレイブスは路面に叩きつけられる。衝撃波がスクエア中を走る——ニュートは横倒しの車の陰に飛びこむ。

ティナがスクエアに「姿現し」して、ニュートの近くで燃えている別の車の陰に隠れる。二人はお互いを見る。

ティナ　　ニュート！

ニュート　セーレムのあの少年がオブスキュラスを生む者だ。

ティナ　　でも、もう小さい子どもじゃないのよ。

ニュート　わかっている——でもあの子の顔が見えた——彼自身の力がとても強くて、なんとか生き延びることができたんだ。

　　　　　信じられないことだけど。

オブスキュラスがまた悲鳴をあげる。ティナは意を決する。

ティナ　ニュート！　彼(かれ)を助けて。

ティナはグレイブスに向かって飛び出していく。何をすべきかを理解(りかい)したニュートは、「姿(すがた)くらまし」する。

シーン101　屋外　タイムズスクエア――夜

グレイブスはだんだんオブスキュラスに近づく。グレイブスの前で、オブスキュラスは悲鳴をあげて泣き叫び続ける。グレイブスが杖を取り出して構える……

グレイブスの背後に、走ってくるティナが見える。グレイブスに向かって呪文を発するが、間一髪でかわされる――グレイブスの反応は舌を巻くほどすばらしい。

オブスキュラスは消えてしまう。ひどく怒ったグレイブスは、ティナの呪文をいとも簡単にかわしながらティナに詰め寄る。

グレイブス　ティナ、おまえってやつは、いつも余計なときに現れる。

グレイブスは「呼び寄せ呪文」で乗り捨てられた車を飛ばし、ティナは危ういところで、飛んでくる車の直下からダイビングして逃れる。

ティナが起き上がって体勢を立て直したときには、グレイブスはもう「姿くらまし」して消えてしまっている。

シーン102　屋内　マクーザの本部──夜

ニューヨーク市の金属製の地図が、強烈な魔法活動のある地域をライトアップしている。闇祓いのトップ陣に囲まれたピッカリー議長が、驚愕して地図を見ている。

ピッカリー議長　止めなさい。
　さもないと、魔法の存在が知れ、戦争になります。

闇祓いたちはただちに「姿くらまし」する。

シーン103 屋外 ニューヨークのあちこちのビルの屋上――夜

ニュートがオブスキュラスを追いかけている――ビルの屋上から屋上へと、できる限りの素早さで飛び移りながら「追跡――姿現し」している。

ニュート
　クリーデンス、クリーデンス！
　僕が力になる。

オブスキュラスがニュートに向かって突っこんでくるが、危機一髪でニュートが「姿くらまし」し、

また屋上伝いに追跡を続ける。

走るニュートの周りで呪文が炸裂し、屋上を次々に壊していく。かなりの数の闇祓いが現れてオブスキュラスを前面から攻撃し、オブスキュラスを必死に追いかけているニュートに、危うく当たりそうになる。ニュートは跳んで呪文を避けながら、懸命にオブスキュラスに追いつこうとする。

オブスキュラスは呪文を避けて方向転換し、悲鳴をあげながら退き、別の場所に下りていく。そのあとの屋上には、黒い雪のような切片が漂っている。

強烈な力を見せつけて、オブスキュラスが、今度は空高くドラマチックに伸び上がる。呪文が、四方八方から青や白の電光のようにオブスキュラスを攻撃する。ついにオブスキュラスは地面に墜落し、広い無人の通りを走り抜ける——行く手にあるものすべてを破壊する、黒い津波だ。

シーン104 屋外 地下鉄駅の外──夜

銃を構えた警官が並び、襲ってくる恐ろしい超自然の力に銃口を向けている。

黒い塊が渦巻きながら直撃してくるのを見て、混乱した警官たちの警戒の表情がパニックに変わる。警官が発砲する──しかし、止めることなどできそうにない巨大な動く塊の前では、何の役にも立たない。オブスキュラスがそこに到達した時には、警官隊はすでにばらばらになって逃げ出している。

シーン105 屋外 ニューヨーク市街／屋上――夜

ニュートにカメラ。高層ビルの上に立ち、オブスキュラスが周りのビルよりも高く伸び上がって、地下鉄の「シティホール駅」のそばの地面に激突するものすごい光景を見ている。

突然の静寂。地下鉄入口に留まるオブスキュラスの、脈打ち、うねり、悲鳴をあげる息づかいが聞こえる。

ニュートが見ている間に、黒い塊がとうとう縮んで消え、クリーデンスの小さな姿が、地下鉄に続く階段を下りていく様子が見える。

シーン106 屋内 地下鉄――夜

ニュートが地下鉄「シティホール駅」の構内に「姿現し」する。アールデコのモザイクを施した細長いトンネルだ。オブスキュラスが通った跡が残っている。シャンデリアがきしみながら揺れ、タイルが何枚も剥がれ落ちている。追い詰められたパンサーのような、不安な深い息づかいが聞こえる。

オブスキュラスが天井を漂っていく。ニュートが、音の中心を探して、プラットフォームをそろそろと進んでいく。

シーン107　屋外　地下鉄入口――夜

闇祓いたちが地下鉄入口を囲む。杖を歩道と空中に向け、入口の周りを見えないエネルギーの壁で囲む。

援軍の闇祓いたちが到着する。グレイブスもその中にいる――周囲をさっと見回し、状況を読み、すぐさま指揮をとる。

グレイブス　付近を封鎖しろ。地下には誰一人入れるな！

魔法の障害区域が閉じようとする直前、下の隙間から転がって入りこみ、誰にも気付かれずに地下に直行する姿がある――ティナだ。

シーン108　屋内　地下鉄——夜

ニュートは地下鉄構内のトンネルの暗がりで、オブスキュラスを見つける。ずっと静かになり、電車の線路の上でゆっくり渦巻いている。ニュートは柱の陰に隠れて呼びかける。

ニュート　クリーデンス……クリーデンスだろう？
　　　　　助けに来たんだ、クリーデンス。
　　　　　君を傷つけたりしない。

遠くで足音がする。慎重に一定の速度で歩いてくる。

ニュートは柱の陰から出て、線路の上に立つ。オブスキュラスの塊の中に、怯えてうずくまっているクリーデンスの姿がおぼろげに見える。

ニュート　クリーデンス、僕は、同じ力を持つ人に会ったことがある——

女の子だ。小さな女の子。

牢屋に入れられ、長い間閉じこめられていた。

魔法を使った罰でね。

クリーデンスはじっと聞いている——自分と同じ者がいるとは、夢にも思ったことがない。オブスキュラスはゆっくりと解け去っていく。そのあとには、線路にうずくまるクリーデンスがいる——怯えた子どもだ。

ニュートは線路の上にしゃがむ。そちらを見たクリーデンスの顔に、かすかな希望が兆す——いまならまだ引き返せるだろうか？

ニュート　クリーデンス、そっちに行っていいかい？
　　　　　行っていいかな？

ニュートがゆっくりと前に進む。その時、暗がりから鋭い閃光が走り、ニュートは呪文であおむけに吹き飛ばされる。

強烈な目的意識をあらわにしたグレイブスが、トンネルの中をどんどん近づいてくる。

グレイブスがニュートに向かって続けざまに呪文を発射する。クリーデンスは逃げようとする。

ニュートは転げて中央の柱に逃げこみ、そこから呪文を発射するが、いとも簡単に撥ねのけられてしまう。

クリーデンスは線路の上をよろめきながら逃げるが、突然立ち往生する――ヘッドライトに照らされたウサギのように――電車だ。暗闇からまぶしい光が近づいてくる。

クリーデンスを助けられるのはグレイブスしかいない――魔法でクリーデンスを電車の行く手からはじき飛ばす。

シーン109 屋外 地下鉄入口──夜

ピッカリー議長が魔法の障害区域の中で状況を視察する。

カメラは見物客や警官隊の主観ショット。

地下鉄の周りに人が集まり始める。地下鉄を囲む泡のような魔法のドームを見つめる人々の叫びやざわめきが、だんだん大きくなる。新聞記者たちが寄ってきて、我勝ちに夢中でその場の写真を撮っている。

ショー・シニアとバーカーが人ごみを掻き分けてやってくる。

ショー・シニア　あれに息子を殺された——このままではおかん。

ピッカリー議長にズームする。外の群衆を見ている。

ショー・シニア　（声のみ o.s.）正体を暴いてやる。何ものなのか、何をしたのか、暴いてやる。

シーン110　屋内　地下鉄構内——夜

グレイブスがプラットフォームに立って、線路上に立つニュートと一対一の戦いを続けている。ク

リーデンスはニュートの背後で縮こまっている。

ニュートの応戦に飽き飽きしたかのように、グレイブスがついに放った呪文は、線路の上をさざ波のように流れてニュートを撃ち、空中高く吹き飛ばす。

あおむけに倒れたニュートに、グレイブスはすぐさま追い打ちをかけ、鞭を打つような動きで呪文をかける。一打ごとに呪文がますます強力になる。グレイブスの魔力は明らかに強大で、ニュートは阻止することができずにもだえ苦しむ。

シーン111　屋外　地下鉄入口——夜

ロングショット

発光し振動するエネルギーの壁が、内側に抑えこんでいる魔法の力で、今や脈動的に強い光を放っている。

酔ったラングドンが、この光景に驚き、圧倒されてじっと見つめている。

ショー・シニア　（周りのカメラマンたちに）おい！　写真を撮れ！

シーン112 屋内 地下鉄構内——夜

グレイブスがニュートを鞭打ち続けている。目には狂ったような光が燃えている。

クリーデンスの少し離れたところですすり泣いている。震え始める。体の中に湧き上がってくる動く塊を押さえようとして、顔色がだんだん黒くなる。

ニュートが痛みで叫び声をあげ、クリーデンスが立ち上がり、グレイブスに向かってトンネルを暴走する。

黒いものに包まれる——オブスキュラスが立ち上がり、グレイブスに向かってトンネルを暴走する。

グレイブスはすっかり魅了される——巨大な黒い塊の下にひざまずく——驚嘆して哀願するように。

グレイブス　クリーデンス……

グレイブス

オブスキュラスはこの世のものとも思われない悲鳴をあげ、グレイブスに向かって上から突っこんでいく。グレイブスは間一髪のところで「姿くらまし」する。オブスキュラスはトンネルの中を暴走

し続ける。

グレイブスとニュートは、オブスキュラスの行く手を避けて、構内のあちこちで「姿くらまし」と「姿現し」を繰り返す。そのため、駅構内の崩壊がますます進む。突然、オブスキュラスの力が加速し、巨大な波となってあたり全体を破壊しつくし、屋根を突き破って外に飛び出す。

シーン113　屋外　地下鉄入口──夜

オブスキュラスが歩道を突き破って出てくる。途中の超高層ビルを這い上がり、すべての階の窓ガラスを割り、電気のケーブルを爆破し、ついに上層階の鉄の足場に達する。折れ曲がった足場は今にも崩れそうだ。

魔法使いもノー・マジも一斉に見つめる。塊は建築

地上では、魔法障害区域の外にいる群衆が、安全な場所を求めて逃げまどう。

オブスキュラスは平たい円盤の形になり、再び地下鉄に飛びこむ。

シーン114 屋内 地下鉄構内──夜

オブスキュラスは叫び声をあげ、地下鉄の屋根を突き破って飛びこむ──一瞬、ニュートもグレイブスもやられてしまいそうになる。二人は線路に突っ伏して、黒い力の下で身を縮める。

ティナ　(声のみ o.s.) クリーデンス、やめて！

ティナが線路に駆けこんでくる。

目を、ティナはまっすぐに見つめ返す。

ゆっくりと、立ち上がって退きめる。ティナを見つめながら、渦が和らいでいく。その気味の悪い

グレイブスの顔にあと数センチのところでオブスキュラスの動きが止まる。ゆっくりと、とても

ティナ　　もうやめて——お願い。

ニュート　ティナ、声をかけ続けて——君の言うことなら彼に届く。

ティナ　　あの子は聞いてるよ。

オブスキュラスの中で、クリーデンスはティナに助けを求めている。純粋な親切を示してくれたた

だ一人の人だ。打ちひしがれ、怯えて、クリーデンスはティナを見ている。鞭打たれている自分を

救ってくれたあの時からずっと、クリーデンスはティナのことを夢に見ていた。

ティナ　　あの女の仕打ちは知ってるわ……

　　　　　つらかったでしょう……

こんなことはもうやめて……
ニュートと私があなたを守るわ……

グレイブスが立ち上がる。

ティナ　（グレイブスを指さして）その男は——あなたを利用してるのよ。
グレイブス　耳を貸すな、クリーデンス。君を自由にしてやる。大丈夫だ。
ティナ　（クリーデンスに。落ち着かせながら）そう、それでいいのよ。

オブスキュラスは縮み始める。恐ろしい顔が人間的になり、クリーデンス自身の顔に戻りつつある。ティナの背後に、大勢の闇祓いたちが大挙して、構内への階段からトンネルに入ってくる。突然、闇祓いが攻撃的に杖を構えて近づいてくる。

ティナ　シー！　やめて！　怖がらせないで。

オブスキュラスは恐ろしいうめき声をあげ、再び膨れ上がり始める。構内が崩れる。ニュートとティナがくるりと振り向き、二人とも両手を腰に当て、肘を張って立ちはだかり、クリーデンスを守ろうとする。

グレイブスもくるりと振り向き、杖を構えて闇祓いたちに対峙する。

グレイブス　杖を下ろせ！　手を出すな！
　彼を傷つけたりしたら——私が許さん——

ティナ　（クリーデンスに向かって）クリーデンス！
　クリーデンス……

闇祓いたちがオブスキュラスに呪いを浴びせ始める。

グレイブス　よせ！

黒い塊の中に、悲鳴をあげているクリーデンスの歪んだ顔が見える。呪文の攻撃が続き、クリーデンスは痛みに吠える。

シーン115 屋外 地下鉄入口──夜

地下鉄を囲む魔法障害区域が壊れ、群衆はその場から逃げようとしている。ショー・シニアとラングドンだけが動かない。

シーン116　屋内　地下鉄――夜

闇祓いたちが、苛烈な呪文を、オブスキュラスに容赦なく打ちこみ続ける。

攻撃に耐えかねて、オブスキュラスはついに内破したように見える――白い魔法の光の球が、黒い塊にとって代わる。

破壊の衝撃で、ティナ、ニュートそして闇祓いたちがのけぞって倒れる。

すべてのエネルギーが鎮まる。残ったのはちぎれちぎれになった黒い物質だけだ――羽根のように宙に漂っている。

ニュートが立ち上がる。その顔に深い悲しみが滲んでいる。ティナは倒れたまま泣いている。

しかし、グレイブスは線路からプラットフォームに上り、黒い塊の残骸にできるだけ近づこうとする。

闇祓いたちがグレイブスに近づく。

グレイブス　愚か者たちめ。

何をしたか分かっているのか？

ピッカリー議長が闇祓いたちの背後から現れ、厳格な口調で反問する。

ピッカリー議長　グレイブス長官、オブスキュラスを生む者は殺せと、私が命じました。

グレイブス　ええ、議長、あなたの今夜の行いは歴史に残るだろうな。

グレイブスが煮えくり返って怒っているのを、ピッカリー議長が興味深げに眺めている。

グレイブスはプラットフォームをピッカリー議長のほうに歩いていく。脅すような口調だ。

グレイブス　今夜したことが、大きな過ちだとしてね！

ピッカリー議長　彼は一人のノー・マジの命を奪いました。

魔法界の存在を暴露しそうになり、我々の最も神聖な法律を犯したのです。

グレイブス （辛辣に笑いながら）その法律のせいで、

本当の自分を押し殺して生きねばならない！

その法律のせいで、正体を知られないようにと、我々はドブネズミのようにコソコソと、

常にビクビク怯えていなければな

らない！

議長、ひとつお聞きしたい——

（鋭く全員を見渡して）——ご一同に聞きたい。

誰を守るための法だ？

我々か？

（地上にいるノー・マジを漠然と指すようにして）それとも彼らか？

（苦笑いしながら）私はもう従えないね。

ピッカリー議長 グレイブスは闇祓いたちから離れていく。

（横に並ぶ闇祓いたちに）闇祓いたち、ミスター・グレイブスから杖をお預かりし、

つれ戻して——

グレイブスがプラットフォームを歩いて去っていくと、突然行く手を阻む白い光の壁が現れる。

グレイブスは一瞬考える——嘲笑といらだちが顔をよぎる。グレイブスが振り向く。

グレイブスは自信たっぷりにプラットフォームを大股で戻っていき、対峙する二つのグループの闇祓いに呪文を投げつける。四方八方からグレイブスに呪文が飛ぶが、グレイブスはそのすべてをかわす。闇祓いたちが数人吹き飛ばされる——グレイブスが勝ったかのように見えるが……

その隙に、ニュートが杖を上げる。

その瞬間ニュートがポケットから繭を取り出し、グレイブスの周りを飛び、グレイブスの呪文からニュートと闇祓いたちをまもる盾になる。スウーピング・イーヴルがグレイブスに向かって投げる。

この時のためのとっておきの魔法とばかり、ニュートが呪文を飛ばす。パチパチと音をたてて光る魔法の縄が飛び出し、グレイブスに鞭のように巻き付く。縄に締め付けられながら、グレイブスはどこうともがく。しかし、よろけ、もつれて膝をつき、杖を落とす。

ティナ　　　アクシオ！

グレイブスの杖がティナの手に飛んでくる。グレイブスは憎しみを込めた目で二人を見る。

ニュートとティナがゆっくりと近づく。ニュートが杖を上げる。

ニュート　レベリオ、現れよ。

グレイブスが変身する。髪は黒からブロンドに変わり、目は青くなる。お尋ね者ポスターにあった男だ。まわりがざわめく。

ピッカリー議長がグリンデルバルドに近づく。

グリンデルバルドだ。

ピッカリー議長　やってみましょう、ミスター・グリンデルバルド。

グリンデルバルド　（軽蔑したように）お前たちなんかがこの私を捕えておけると思うのか？

グリンデルバルドはピッカリー議長を強いまなざしで見つめる。嫌悪の表情が軽い嘲り笑いに変わる。二人の闇祓いがグリンデルバルドを引っ立て、地下鉄入口に連行する。

ニュートのそばを通る時、グリンデルバルドが立ち止まる——嘲り笑いを見せる。

グリンデルバルド　これが最後、かね？

グリンデルバルドは地下鉄駅から連れ去られる。ニュートは物思いにふけりながらそれを見ている。

タイムカット

クイニーとジェイコブが、闇祓いたちを掻き分けて前に出てくる。ジェイコブはニュートのカバンを持っている。

クイニーはティナを抱きしめる。ニュートはジェイコブを見つめる。

ジェイコブ　なあ……これ、誰かが見張ってなきゃと思って。

ジェイコブがカバンをニュートに渡す。

ニュート　（心から感謝して、謙虚に）ありがとう。

ピッカリー議長が地下鉄駅の壊れた屋根から外の世界を見ながら、全員に向かって言う。

ピッカリー議長　スキャマンダーさん、あなたには申し訳ないことをしました。でも、魔法界の存在が知られてしまったのです！　街の全員をオブリビエイトすることはできませんし……

間。事実の重みが伝わる。

ニュートがピッカリー議長の視線を追っているとき、屋根から、巻きひげ状の黒い物質——オブスキュラスのわずかな部分——が、ふわりと落ちてくる。誰も気付かないが、その小片は結局また浮かび上がって離れていき、本体と結合しようとしている。

間。ニュートは身近な問題に注意を戻す。

ニュート　そうでもない。できますよ。

タイムカット

ニュートは天井にぽっかり開いた穴の下にカバンを置いて、大きく開く。

カバンを開くニュートにカメラを寄せながらズームする。

大きな羽ばたきと疾風を伴って、突然フランクが飛び出す――闇祓いたちが後退る。うっとりするほど美しい生き物だが、力強く羽ばたいて頭上に浮かぶ姿は、恐ろしくもある。

ニュートが進み出る――フランクを眺める。その顔に心からの優しさと誇りが表れている。

ニュート　アリゾナに着いてから出すつもりだったけど……フランク、今はお前だけが頼りなんだ。

顔を見合わせるニュートとフランク――心が通じ合う。ニュートは腕を伸ばして愛撫し、フランクはくちばしを押し付けて愛情を示す――二人は愛し気に顔を摺り寄せる。

その場の誰もが、畏怖の念をもって見ている。

ニュート　僕も寂しいよ。

ニュートがフランクを離れて、ポケットからスウーピング・イーヴルの毒液を入れたガラス瓶を取り出す。

ニュート　（フランクに）あとは分かってるね？

ニュートがガラス瓶を空高く放り上げる――フランクが鋭く一声鳴いて、それをくちばしに加え、すぐさま地下鉄から天へと舞い上がる。

シーン117　屋外　ニューヨーク──空──夜明け

ノー・マジも闇祓いたちも、地下鉄から飛び出したフランクの姿を見て悲鳴をあげ、ひるむ。フランクは夜明けの空に舞い上がっていく。

カメラは、どんどん高く舞い上がっていくフランクを追う。その翼がますます強く、早く羽ばたくにつれて、雷雲が湧き起こる。稲光が光る。ニューヨークをずっと下に見て、旋回しながら上昇するフランクをカメラが追う。

フランクのくちばしをズームする。しっかりとくわえたガラス瓶がついに割れる。強力な毒液が雨雲に拡散され、魔力を与え、雨雲をより濃厚にする。真っ暗な空にまぶしい青い光が閃め、雨が降り始める。

シーン118　屋外　地下鉄入口──夜明け

カメラは俯瞰で捉える。空を見上げている群衆に、上からカメラを落としていく。降りだした雨に打たれた途端、人々はすなおに動き始める──悪い思い出が洗い流された。誰もが、異常なことなど何もなかったように、日常の仕事に戻っていく。

闇祓いたちが街中を回り、都市を建て直すための修復呪文をかけていく。ビルも車も元に戻り、街並みが通常に戻る。

ラングドンにカメラ。雨の中に立ち、表情が和らいでいる。雨が顔を洗うにつれて、無表情になっていく。

手にした銃を不思議そうに見る警官たちにカメラ──どうして銃を抜いたのだろう？　徐々に気を取りなおし、警官たちが武器をしまう。

小さな家の中で、若い母親が優しく家族を見ている。一口水を飲んだ母親の顔が無表情になる。

闇祓いたちが通りを修復している。壊れた電車の線路を元通りにし、破壊の痕跡はすべて消す。一人が新聞のスタンド前を通り、新聞に呪文をかけると、ニュートとティナの顔写真が消え、なんでもないお天気情報に変わる。

銀行頭取のビングリー氏が自宅でシャワーを浴びている。シャワーのお湯がかかると、オブリビエイトされる。ビングリー氏の奥さんが歯を磨きながら無表情になり、無頓着な顔になる。

フランクはニューヨークの上空を回りながら上昇し続けている。その動きにつれ、ますます多くの雨雲が搔き立てられる。フランクの羽が見事な金色に輝いている。最後にフランクは、ニューヨークの夜明けの光の中に飛び去っていく。荘厳な光景。

シーン119　屋内　地下鉄 プラットフォーム──夜明け

ピッカリー議長の目の前で、地下鉄の屋根がたちまち修復される。

ニュートが全員に話しかける。

ニュート　　　みんな何も覚えていませんよ。あの薬には強い忘却の作用があるんです。

ピッカリー議長　（感心して）あなたに大きな借りができましたね、スキャマンダーさん。さあ──カバンを持ってニューヨークから出ていってください。

ニュート　　　分かりました、議長。

ピッカリー議長が立ち去りかけ、闇祓いたちもそれに続く。突然彼女が振り返る。その心を読んだクイニーが、ジェイコブを守るようにその前に立ち、ジェイコブを隠そうとする。

ピッカリー議長　そこにまだノー・マジがいるわね？

（ジェイコブを見て）オブリビエイトしなさい。例外があってはなりません。

ピッカリー議長は、全員の苦しそうな顔を読みとる。

ピッカリー議長 悪いけど——目撃者は一人も残せないわ……法は法ですから。

間。全員の落胆ぶりを見て、気の毒に思う。

ピッカリー議長 お別れを言うのを許しましょう。

議長が立ち去る。

シーン120　屋外　地下鉄駅──夜明け

ジェイコブが先に立って、地下鉄から出る階段を上っていく。クイニーがそのすぐ後ろをついていく。

雨はまだ激しく降り、通りには、忙しく動き続ける数人の闇祓いのほかには、もうほとんど誰もいない。

ジェイコブが階段の最後の段まで上って、雨を見つめる。クイニーが追いついて、通りに出ていかないでと言いたげに、ジェイコブの上着を引っ張る。ジェイコブがクイニーを振り返る。

ジェイコブ　おい……なあ、いいんだよ、これで。
（みんなの視線を受け止めて）だって──俺なんか……
ホントなら、もともとここにいるはずじゃなかった。

ジェイコブは涙を見せまいとする。クイニーは悲しみでいっぱいの美しい顔でジェイコブを見上げ

る。ティナもニュートも、信じられないほど悲しそうだ。

ジェイコブ　俺なんか、何にも知らないはずだった。みんな知ってるよな、ニュートが俺をここまで連れてきたのは——あれ——ニュート、何で俺を連れ回したんだ？

ニュートははっきり説明しなければならないが、そう簡単には言えない。

ニュート　君が好きだから……君は……友だちだから。ジェイコブ、僕を助けてくれたこと、ずっと忘れないよ。

間。ジェイコブは、ニュートの答えに心を揺さぶられる。

ジェイコブ　そうか……！

クイニーが階段を上がってジェイコブに近づく——二人は寄り添って立つ。

クイニー 　（ジェイコブを元気づけるように）ねえ、あたしも一緒に行く。
　　　　　二人でどこかへ行っちゃいましょう——どこでもいいわ——
　　　　　ね、あなたみたいな人、どこにもいないわ——

ジェイコブ （勇敢に）そこらにいっぱいいるよ。

クイニー 　ううん……ちがうわ……あなたみたいな人はあなただけよ。

　　　　　耐えられないほどの悲しみ。

ジェイコブ （間）もう行かなきゃ。

　　　　　ジェイコブは雨の降る外を見て、涙をぬぐう。

ニュート　 （追いかけながら）ジェイコブ！

ジェイコブ （微笑んで見せようとする）大丈夫だ……大丈夫……
　　　　　大丈夫。
　　　　　夢から覚めるようなもんだろ？

三人が微笑み返す。力づけるように。辛さを和らげようとして。上を見上げて腕を広げ、雨がすっかり体中に降り注ぐようにする。

三人を見ながらジェイコブが後ろ向きになって歩き出す。

クイニーが杖で魔法の傘を作り、ジェイコブのそばに立ち、その顔を優しくなで、目を閉じて屈みこみ、優しくジェイコブにキスする。

クイニーがゆっくりと離れる。ずっとジェイコブを見つめたままで。そして突然消える。ジェイコブは両腕を伸ばして、愛し気に誰かを抱きしめるように立っている。腕の中には誰もいない。

完全に「目覚めた」ジェイコブの顔をズームする。無表情で、どうしてこんな場所に、土砂降りの中に立っているのだろうと、混乱している。やがて通りを歩きだす──孤独な姿。

シーン121 屋外 ジェイコブの缶詰工場——一週間後——夕方

疲れはてたジェイコブが、おなじようなつなぎを着た生産ラインの労働者の群れに交じって、一日のハードな仕事を終えて出てくる。くたびれた革のカバンを持っている。

男が近づいてくる——ニュートだ。二人がぶつかり、ジェイコブのカバンが弾かれて落ちる。

ニュート　あっ失礼——すみません！

ニュートはすばやく、そして意図的に去っていく。

ジェイコブ　（誰だかまったく分からない）おい！

ジェイコブが屈んでカバンを拾おうとして、不思議そうにカバンを見る。突然とても重くなってい

る。留(と)め金(がね)が勝手に外れる。ジェイコブはちょっと笑って屈(かが)み、カバンを開ける。メモが留(と)めつけてある。ジェイコブが読むと、ニュートの声が聞こえる。

中には純銀(じゅんぎん)のオカミーの卵(たまご)の殻(から)がぎっしり詰(つ)まっている。

ニュート　（声のみ　v.o.）コワルスキー殿(どの)
　　君の才能(さいのう)は缶詰(かんづめ)工場では生かせない。
　　オカミーの卵(たまご)の殻(から)を担保(たんぽ)に、パン屋を開いてください。
　　匿名(とくめい)の支援者(しえんしゃ)より

シーン122　屋外　ニューヨーク市の波止場——翌日

人ごみの中を歩くニュートの足元をズームする。

け、カバンはしっかりとひもで縛ってある。

ニュートはニューヨークを離れようとしている。コートを着て、ハッフルパフのスカーフを首にか

ティナが並んで歩いている。二人は乗船ブリッジの前で止まる。ティナがもじもじしている。

ティナ　　ほんとにそうね！

ニュート　（にっこりして）その……いろいろと……

間。ニュートが顔を上げる。ティナは何かを期待するような表情。

ティナ　　あのね、ニュート……

ニュート　あなたにお礼を言わなきゃ。

ティナ　何のお礼？

ティナ　だってほら、あなたがピッカリー議長に、私のことを褒めてくれたから、私また調査部に戻れたのよ。

ニュート　ああ——調査されるなら、君にされるのがいいなと思って。

ティナ　別のことを言おうとしていたのに、もう遅い……
ニュートはちょっとばつの悪い思いをする。ティナは恥ずかしそうに感謝する。

ニュート　なるべく調査されないで済むようにしてね。

ティナ　そうする。これからは大人しくしてる……
魔法省に戻って……、原稿を本にして……
楽しみにしてる。

ニュート　「幻の動物とその生息地」ね。

二人は少し微笑む。　間。　ティナは勇気を出して言う。

ティナ　リタ・レストレンジは読書好きなの？

ニュート　え？　誰だって？

ティナ　あなたが持っている写真の女性——

ニュート　リタは今何が好きなのか、よく知らないんだ。
　　　　　人は変わるから。

ティナ　そうね。

ニュート　（はっと気が付く）僕も変わった。ちょっとだけ。

ティナ　そんな気がする。ちょっとだけ。

ティナは嬉しくなるが、どう言い表してよいか分からない。かわりに、泣くまいとこらえる。船の汽笛が響く——乗客はほとんど乗船し終わっている。

ニュート　本が出たら一冊送らせてもらっていいかな。

ティナ　ええ、待ってるわ。

ニュートがティナをじっと見る——不器用な愛情表現だ。やさしくティナの髪に触れる。ほんの少しの間、二人は見つめ合う。

最後にもう一度見つめて、ニュートは突然立ち去る。立ち尽くすティナは、手を上げて、ニュートが撫でた髪に触れる。

そこへニュートが戻ってくる。

ニュート　ごめん、やっぱり──本が出たら……
　　　　　じかに届けに来てもいいかな？

ティナがぱっと輝くような笑顔を見せる。

ティナ　ええ待ってるわ──とっても楽しみ。

ニュートは我知らずににっこり微笑み返し、それから背を向けて去っていく。

乗船ブリッジの途中でニュートが立ち止まる。たぶん、どうすべきか迷っている。しかし、結局振り返らずに、そのまま船に入っていく。

ティナは誰もいなくなった波止場に立っている。歩き始めたときには、踊るような弾んだ足取りになっている。

シーン123 屋外　ジェイコブのパン屋――ローワー・イースト・サイド――三か月後

にぎやかなニューヨークの街角のワイド・ショット――通りには露店が並び、忙しく行きかう人々や馬や馬車でにぎわっている。

感じのよい小さなパン屋にカメラ。かわいらしい小さな店には大勢の客が群がっている。「コワルスキー」という店の名前が描いてある。ショーウィンドーを面白そうに覗く人々。たくさんのパンを抱えて幸せそうに店を出ていくお客たち。

シーン124 屋内 ジェイコブのパン屋 ローワー・イースト・サイド──日中

新しい客が来たことを知らせる入口のベルをズームする。

カウンターのパン、菓子パンをズームする。ファンタジックな形のパンばかりだ──デミガイズ、ニフラー、エルンペントの形のパンも見える。

ジェイコブはとても幸せそうに客に対応している。店はお客で溢れ返っている。

女性客　（小さなパンをじっと見ながら）どうしてこんなのを思いつくの？　コワルスキーさん。

ジェイコブ　さあ、どうしてだろうね——なんとなく思いつくんですよ！

そのお客にパンを渡す。

ジェイコブ　はいどうぞ——パンをお忘れなく——まいど。

ジェイコブは後ろを振り向いて、使用人の一人に呼びかけ、鍵を渡す。

ジェイコブ　ほい！——倉庫の鍵だ。

　　　　　　よろしくな。

またベルが鳴る。

目を上げたジェイコブは、またしてもドキッとする。クイニーだ。二人は見つめ合う——クイニーがにっこりと輝くような微笑みを見せる。ジェイコブはとまどいながらも、すっかり魅せられて、首に手をやる——チラリと記憶がよぎる。ジェイコブが微笑み返す。

THE END

謝辞

　スティーブ・クローブスとデイビッド・イェーツの知恵と根気がなければ、『ファンタスティック・ビーストと魔法使いの旅』の映画シナリオは完成していないでしょう。たくさんのご指摘、励ましの言葉、改善案、お二人から頂いたそのすべてのものに、心から感謝しています。「レディのほうをドレスに合わせろ」というスティーブの忘れがたい名言に従って学習した今回の経験は、魅力的であり、挑戦的でもあり、落ち込んだり、高揚したり、時には腹を立ててしまうこともありましたが、最終的には、すばらしく実りの多いもので、何物にも代えがたい最高の経験でした。二人がいなければ、この仕事をやり遂げることはできませんでした。

　デイビッド・ヘイマンとは「ハリー・ポッター」シリーズの映画化の最初の段階から一緒に仕事をしてきました。彼がいなければ、「ファンタスティック・ビースト」は、はるかにつまらない作品になっていたことでしょう。ロンドンのソーホーでの、あの張りつめたランチから思うと、ずいぶんと遠くまで来たものだと思います。彼は、ハ

リー・ポッターの時と同じように、今度はニュートに、持てる知識と経験と、献身的な協力を惜しみなく与えてくれています。

「ファンタスティック・ビースト」の一連のフランチャイズは、ケビン・ツジハラなくしては実現しなかったことでしょう。「幻の動物」のアイデアそのものは、二〇〇一年にチャリティ本を刊行した時に芽生え、それをずっと抱えていたのですが、ケビンがいたからこそ、ニュートの物語を映画にする決心ができました。ケビンのかけがえのない支援があったからこそ実現した企画であることを思えば、彼こそが最大の功労者だと言えます。

最後に、忘れてはならないのが、このプロジェクトに絶大な支持を与え続けてくれた私の家族です。私が一年間一度も休暇を取らずに働き続けたプロジェクトだったにもかかわらず、支え続けてくれました。あなたたちがいなかったら、私はどうなっていたことか。きっと暗く孤独で、創作意欲など湧かなかったことでしょう。ニール、ジェシカ、デイビッド、ケンジー、どこまでもすてきな、おもしろくて愛情溢れる家族でいてくれてありがとう。しかも、「ファンタスティック・ビースト」が、時にはどんなに危なっかしく、時間のかかるものになるかもしれないのに、それでも私が続けるべきだと信じてくれて、ありがとう。

映画用語集

- **屋外：** 屋外撮影。

- **屋内：** 屋内撮影。

- **カメラを固定：** カメラを特定の被写体に向けること。

- **カメラをシーンに戻す：** あるシーンに置ける人物や展開に焦点を当てたあと、カメラをより大きなシーンに向けること。

- **声のみ（O.S.オフ・シーン）：** スクリーン外のアクションや、映っていない人物の話し声のこと。

- **声のみ（V.O.ボイス・オーバー）：** そのシーンには存在していない人物の声で、セリフが語られること。

- **ジャンプカット：** 重要なシーンを映したあと、同じアングルから次の重要なシーンを映すこと。たいていは、ごく短い時間の経過を示すのに使われる。

- **ズームする：** カメラが、人物や物を近くから映すこと。なお、カメラが「寄る」場合はカメラ自体を移動させ、「ズームする」場合はカメラを固定したまま被写体に近づく。

- ソット・ボーチェ(s.v.)： 小声やささやき声のこと。

- タイムカット： 一つのシーンの中で
時間経過をとばすこと。

- 〜の主観ショット： ある特定の人物の視点から映すこと。

- ハイワイド： 上方から広いアングルで、
被写体やシーンを
見下ろすように映すこと。

- パン／ホイップ・パン： カメラの動きのこと。
固定されたカメラがゆっくりと回転し、
ある対象から次の対象を映していく、
というものがある。ホイップパンとは、
ある対象から次の対象へと、
カメラが非常に速く動くこと。

- フラッシュカット： きわめて短い切り返しショットのこと。
フレームと同じくらい短い場合もある。

- モンタージュ： 空間、時間、情報を一つの
シークエンスに凝縮した連続ショット。
音楽が付けられることが多い。

- ロングショット： 被写体の全体を映し出すこと。
多くは、被写体がどのような場所に
置かれているのかを明らかにする。
作中で、状況を説明する際に
使われることが多い。

キャスト、クルー

配給:ワーナー・ブラザース映画
製作:ヘイデイ・フィルムズ
デイビッド・イェーツ

ファンタスティック・ビーストと魔法使いの旅

監督:デイビッド・イェーツ
脚本:J.K.ローリング
製作:デイビッド・ヘイマンp.g.a.、J.K.ローリングp.g.a.、スティーブ・クローブスp.g.a.、ライオネル・ウィグラムp.g.a.
製作総指揮:ティム・ルイス、ニール・ブレア、リック・セナ
撮影:フィリップ・ルースロ、A.F.C.／ASC
美術:スチュアート・クレイグ
編集:マーク・デイ
衣装:コリーン・アトウッド
音楽:ジェームズ・ニュートン・ハワード

キャスト

ニュート・スキャマンダー:エディ・レッドメイン
ティナ・ゴールドスタイン:キャサリン・ウォーターストン
ジェイコブ・コワルスキー:ダン・フォグラー
クイニー・ゴールドスタイン:アリソン・スドル
クリーデンス・ベアボーン:エズラ・ミラー
メアリー・ルー・ベアボーン:サマンサ・モートン
ヘンリー・ショー・シニア:ジョン・ボイト
セラフィーナ・ピッカリー:カーメン・イジョゴ
&
パーシバル・グレイブス:コリン・ファレル

作者について

J.K.ローリングは、ベストセラー「ハリー・ポッター」シリーズ（原作は1997年から2007年までに全7巻刊行）の著者。同シリーズは、200を超える国と地域で累計4億5千万部以上を売上げ、79言語に翻訳された。ワーナー・ブラザースによる8本の映画は大ヒットを記録する。そのほか、チャリティのために出版された副読本が3冊ある。『クィディッチ今昔』と『幻の動物とその生息地』は〈コミック・リリーフ〉のために書かれ、『吟遊詩人ビードルの物語』の売上げは、著者自身のチャリティ団体〈ルーモス〉に寄付された。また、電子コンテンツについては、著者のウェブサイトであり、電子書籍版を販売する〈ポッターモア〉が〈ウィザード・ワールド〉の中核になっている。J.K.ローリングは、舞台脚本家ジャック・ソーンと、演出家ジョン・ティファニーと共に、『ハリー・ポッターと呪いの子　第一部・第二部』の制作にあたり、この舞台劇は、2016年にロンドンのウェストエンドで初演された。一般書としては、『カジュアル・ベイカンシー　突然の空席』を執筆したほか、ロバート・ガルブレイスのペンネームで、私立探偵コーモラン・ストライクを主人公にした犯罪小説を3作発表している。同作はBBCのテレビドラマになる。『ファンタスティック・ビーストと魔法使いの旅』は、J.K.ローリングの映画脚本家としてのデビュー作。

ブックデザインについて

───────

ブックデザインはミナリマが担当した。
ミラフォラ・ミナとエドゥアルド・リマの
二人によって立ちあげられた
このデザインスタジオは、受賞歴を持ち、
『ファンタスティック・ビーストと魔法使いの旅』と、
全8作からなる〈ハリー・ポッター〉
映画シリーズにおいて、
グラフィックデザインを手がけた。

カバーと挿絵は、作中の魔法動物と
1920年代の装飾様式に着想を得ている。
手書きのイラストを、
アドビ・イラストレーターでデジタル加工した。

訳者紹介

松岡 佑子(まつおか・ゆうこ)

翻訳家。国際基督教大学卒、モントレー国際大学院大学国際政治学修士。日本ペンクラブ会員。スイス在住。訳書に「ハリー・ポッター」シリーズ全7巻のほか、「少年冒険家トム」シリーズ全3巻、『ブーツをはいたキティのおはなし』、『ハリー・ポッターと呪いの子　第一部・第二部』(以上静山社)がある。

ファンタスティック・ビーストと魔法使いの旅
映画オリジナル脚本版

著者　J.K.ローリング
日本語版監修・翻訳　松岡佑子

2017年3月31日　第1刷発行

発行者　松浦一浩
発行所　株式会社静山社
〒102-0073　東京都千代田区九段北1-15-15
電話・営業　03-5210-7221
http://www.sayzansha.com

翻訳協力　　井上里
　　　　　　ルーシー・ノース
日本語版デザイン　　坂川栄治+鳴田小夜子(坂川事務所)
組版　　　　　　　　アジュール
印刷・製本　　　　　中央精版印刷株式会社

本書の無断複写複製は著作権法により例外を除き禁じられています。
また、私的使用以外のいかなる電子的複写複製も認められておりません。
落丁・乱丁の場合はお取り替えいたします。
Published by Say-zan-sha Publications, Ltd.
ISBN978-4-86389-368-9 Printed in Japan